suhrkamp taschenbuch 4376

W0388799

Im Laufe seines Lebens erhielt Hermann Hesse Abertausende Zuschriften von Lesern, die nach der Lektüre seiner Bücher ein solches Vertrauen gefasst hatten, dass sie ihn um Rat zu ihren Lebensproblemen fragten. Oft waren es junge Menschen, denen die Anpassung an das Vorgegebene, die Erwartungen der Eltern und Erzieher zu schaffen machten. Aber auch Generationskonflikte, Pubertäts- und Partnerprobleme, religiöse Zweifel, Fragen der Berufswahl und der Fremdbestimmung sind durchgängige Themen dieser Briefe. Obwohl man all diese Themen in Hesses Büchern auf überpersönliche Weise dargestellt findet, hat er nicht die Mühe gescheut, sich auch den konkreten Einzelfällen zu stellen und viele dieser Briefe individuell zu beantworten.

Aus Anlass des Hermann-Hesse-Jubiläums hat der Suhrkamp Verlag auch heutigen Lesern zwei Monate lang die Gelegenheit gegeben, ihre Fragen an den Autor zu richten, und diese mit Hilfe seiner früheren Entgegnungen zu beantworten versucht. Dazu konnten sie auf der Facebook-Seite des Verlages Kommentare verfassen sowie ihre Gedanken und Assoziationen mitteilen. Der vorliegende Band bringt, neben den Antworten von Hermann Hesse, eine Auswahl der zahlreichen Facebook-Beiträge, die die ungebrochene Bedeutung Hermann Hesses für immer neue Generationen von Lesern verdeutlicht.

Hermann Hesse, geboren am 2. Juli 1877 in Calw, starb am 9. August 1962 in Montagnola bei Lugano (Tessin). 1946 erhielt er den Nobelpreis für Literatur.

# Hermann Hesse
# antwortet ...
# ... auf Facebook

Suhrkamp

Umschlagillustration und Signet:
Burkhard Neie

Foto S. 83: Lena Wolf

Sofern die durch das Porträt Hermann Hesses kenntlich gemachten Beiträge in Anführungszeichen stehen, handelt es sich um Originaltexte des Autors, die den im Suhrkamp Verlag erschienenen *Sämtlichen Werken* sowie unterschiedlichen Briefausgaben entnommen sind und von Volker Michels, dem langjährigen Lektor und Hesse-Herausgeber, ausgewählt wurden. Alle weiteren Texte wurden von Volker Michels verfasst.

Erste Auflage 2012
suhrkamp taschenbuch 4376
© Suhrkamp Verlag Berlin 2012
Suhrkamp Taschenbuch Verlag
Alle Rechte vorbehalten,
insbesondere das der Übersetzung,
des öffentlichen Vortrags sowie der Übertragung
durch Rundfunk und Fernsehen, auch einzelner Teile.
Kein Teil des Werkes darf in irgendeiner Form
(durch Fotografie, Mikrofilm oder andere Verfahren)
ohne schriftliche Genehmigung des Verlages reproduziert
oder unter Verwendung elektronischer Systeme
verarbeitet, vervielfältigt oder verbreitet werden.
Druck und Bindung: CPI – Ebner & Spiegel, Ulm
Printed in Germany
Umschlaggestaltung: Hermann Michels, Regina Göllner
ISBN 978-3-518-46376-5

**Hermann Hesse antwortet …**

… auf Facebook

**Lieber Hermann Hesse,**
ich frage mich immer wieder, ob Sie eine Lieblingszeit zum Schreiben haben, das heißt, ich meine eigentlich: Schreiben Sie gleich nach dem Aufstehen, dem Kaffee, oder schreiben Sie lieber am Abend oder doch den lieben langen Tag hindurch? – Sie sind ja so bemerkenswert produktiv! Und noch eine kleine Frage sei mir bitte erlaubt: Was inspiriert Sie eigentlich am stärksten? Die Landschaft? Reisen in ferne Länder? Die Lektüre anderer Schriftsteller? Oder tatsächlich Ihr selbst gelebtes Leben? Es würde mich freuen, wenn Sie mir schreiben würden!

Mit herzlichem Gruß aus Freiburg im Breisgau, Ihr

**Klaus Digel**

Lieber Herr Digel,
am Vormittag bin ich zu nichts zu gebrauchen, da kommt die Post und die ganze damit verbundene Sozialarbeit. Am liebsten schreibe ich nachmittags oder abends aber immer nur, wenn sich zwanglos ein Impuls dazu einstellt. Dazu brauche ich viel Ruhe, Geduld und Einsamkeit, um den magischen Moment, den Einfall, den glücklichen Augenblick nicht zu verpassen. Im Grunde bin ich immer in Empfangsbereitschaft und reizbar sobald der Alltag dazwischenfunkt. Habe ich aber erstmal mit dem Schreiben begonnen, dann verläuft alles Weitere in der Regel rasch und wie unter Diktat. Aber vorher bedarf es des Kairos, nicht der Absicht und noch weniger eines fremden Auftrags. Inspirierend ist alles: sinnliche Ein-

drücke, die Natur, die Kunst, das Unterwegssein, die Lektüre und nicht zuletzt die Notwehr, also die Verteidigung meiner Positionen gegen die Nötigungen von außen und all die Zumutungen und Infamitäten des Lebens.

**Lieber Hermann,**
ich habe viele Deiner Werke gelesen und habe mir zur Aufgabe gemacht, restlos alles von Dir Geschriebene zu verschlingen. Es ist wie eine Sucht. Denn ich kann mich so gut mit Deinen Gefühlen identifizieren. Auch ich bin ein in dieser Welt verirrtes Tier, das keinen Frieden finden mag. Ich schreibe auch selbst, stehe aber, was dies anbelangt, noch ziemlich am Anfang.

Meine Frage ist: Schreibst Du denn auch, wie ich, gerne in der Natur? Und wenn ja, hast Du dort auch Deine geheimen Lieblingsplätze? Erleidest Du wie ich auch wochenlange »Schreibblockaden« und wie kämpfst Du dagegen an?

Es würde mich sehr freuen, bald von Dir zu hören.

Dein Freund

**John**

Nein, im Freien habe ich – im Gegensatz zu Thomas Mann, der gern auch am Meer in einem Strandkorb zu schreiben vermochte – ganz selten etwas formuliert. In der Natur habe ich lieber gemalt und an schönen Sommertagen ganze Vormittage auf der Suche nach reizvollen Motiven im Freien verbracht. Schreibblockaden kannte natürlich auch ich. Nach dem ersten Teil des Siddhartha z. B. ging es einfach nicht weiter, weil ich damals noch nicht selber erlebt hatte, was ich darstellen wollte. Anderthalb Jahre habe ich gebraucht, um es nachzuholen, dann erst ging es weiter. Man darf nichts erzwingen wollen, dann stellt sich das Erhoffte, solange es uns innerlich umtreibt, früher oder später von selber ein.

**Lieber Hermann Hesse,**
ich habe einen schattigen Garten, in dem auch noch Hasen frei herumlaufen. Diese fressen leider alles, was grünt, sogar Alpenveilchen und Palmen.

Hast Du als passionierter Gärtner für mich einen Tipp, wie ich einen schönen Garten bekomme, ohne die Hasen ihrer Freiheit zu berauben, oder zumindest eine Philosophie, wie ich der Steppe, die ich meine Oase nenne, Schönheit abgewinnen kann?

Herzliche Grüße

**Die Wilde Kaiserin**

Sind das wilde Hasen und Kaninchen, oder von Ihnen gehaltene Haustiere? Letztere würden, wenn Sie den Kahlfraß vermeiden wollen, ja eher in einen Stall gehören. In meinen Berner Jahren hatte auch ich einen schattigen Garten. Was ich tagsüber an Salaten und Gemüse gepflanzt hatte, wurde über Nacht immer wieder von Wildhasen,

Kaninchen und Schnecken gefressen. Dagegen war wenig auszurichten, wenn ich nicht jene Pflanzen, die mir besonders wichtig waren, mit einem Drahtgitter umgeben hätte. Versuchen Sie es mal damit. Es gibt aber auch Blumen und Gewächse, welche die Schädlinge meiden. Suchen Sie sich davon die für Sie reizvollsten heraus und setzen sie dort ein, wo sie am besten miteinander harmonieren und zur Geltung kommen.

Warum bin ich nicht mit mir selbst zufrieden?

**Thomas Ba**

Unzufriedenheit mit sich selbst ist etwas Produktives, nämlich eine Regung und ein Impuls, unsere Lage zu verändern. Ich kenne Ihre Lage nicht. Meist aber resultiert dieses Ungenügen daraus, dass die Ansprüche, die man an sich stellt, schwer zu realisieren sind. Sobald Sie aber eine Tätigkeit finden, die mit Ihren Anlagen harmoniert, die Sie also in die Lage versetzt Ihr Bestes zu geben, wird alles anders. Denn nur was man gut und gerne tut, nützt auch den Mitmenschen. Was Sie dabei investieren, wirkt früher oder später auch auf Sie selbst zurück. »Sobald das Leid groß genug ist, geht es vorwärts …« »Keiner von uns kann mehr geben, als er hat, aber auch der Bescheidene und Arme ist insoweit wertvoll, als sein innerstes Fühlen mit dem Lebenswillen der Natur einig ist. Alles davon Abweichende führt höchstens zu interessanten Mißgewächsen ...« »Daß man nicht mit sich selbst und dem, was man von selber ist und kann, zufrieden ist, sondern sich dem Vollkommenen nähern möchte, das ist doch gerade der beste Teil des Menschen, ein Nachklang der Ebenbildschaft Gottes.«

**Lieber Hermann Hesse,**
ich frage mich immer wieder, wie wir »anspruchsvollen Menschen mit der Dimension zuviel« uns in dieser Welt, die uns doch oft das Gefühl der Fremde vermittelt und uns unsere eigene Unzulänglichkeit aufzeigt, die Hoffnung und die Zuversicht bewahren können? Wie konnten Sie sich Ihre »Verliebtheit in die verrückte Welt« beständig erhalten?

Auf Antwort freut sich Ihre Leserin

**Christina Mayer**

Liebe Frau Meyer,
»durch die Düsterkeit der Welt und ihre teuflische Bedrohung sollen wir uns nicht einschüchtern und verbittern lassen. Ob diese Welt morgen untergehe oder nicht, ist nicht unsre Sorge noch unsre Verantwortung. Wir müssen und wollen das, was uns an ihr noch erfreulich ist, und sei es nur der Himmel mit seinem zauberhaften Gewölk, so lang kosten und preisen, als wir da sind.«

»Es gilt inmitten einer übergewaltigen Maschinerie die Natur zurückzuerobern, nach einem erschöpfenden Tagwerk die Einkehr zu ermöglichen. Es gilt den Mittelpunkt der Zentrifuge zu erreichen. Hilfreiche Mächte dabei sind die Natur, die Musik, die eigene Schöpferkraft.«

»Neben den Gaben des Geistes und der Kunst sind die der Natur die einzigen, die uns nicht im Stich lassen wenn es wirklich ernst wird.«

**Lieber Hermann,**
ich sehe in Dir und Friedrich Nietzsche zwei der ganz wenigen Menschen, die sowohl willens als auch in der Lage waren, bedingungslos ihren jeweils eigenen Weg zu gehen. Ihr habt nicht gefragt, wo er hinführt, ihr seid ihn gegangen. Nun frage ich mich immer wieder, wie Du selbst zu Nietzsche stehst. Wo siehst Du Gemeinsamkeiten, wo Unterschiede? Inwiefern inspiriert Dich Nietzsche zu Deinem Denken und Deiner Dichtung? Die Forschungsliteratur ist sich in diesen Fragen nicht einig. Es gibt in etwa so viele Meinungen darüber, wie es Germanisten gibt. Deshalb wende ich mich nun an Dich. Denn wer sollte es besser wissen als Du selbst?!

Auf Deine Antwort freue ich mich schon jetzt!

Dein
**Tom Stahl**

Lieber Herr Stahl,
Volker Michels schreibt Folgendes über die Beziehung von Hesse zu Nietzsche:
Das erste Buch von Nietzsche, das Hesse kennenlernte, war *Also sprach Zarathustra*, zehn Jahre

nach dessen Erscheinen. Hesse war damals 17 Jahre alt, und er las es mit einer Begeisterung, die er im Alter (wo es ihm zu pathetisch und geschwollen vorkam) nicht mehr nachvollziehen konnte. Wie Nietzsche stammte ja auch er aus einem protestantischen Pfarrhaus, dessen seelsorgerische Legitimation und Praxis auch ihm früh schon fragwürdig wurde. Höchste Instanz für beide war ihr Gewissen, das sie bald aus allen institutionalisierten religiösen und politischen Konventionen herausführte. So haben sie beide das militante und kolonialistische Deutschland des selbstherrlichen Kaisers Wilhelm II. verlassen (Hesse erst zwei Jahre vor dem Ersten Weltkrieg). Explizit auf Nietzsche berufen hat sich Hesse mit seiner zunächst anonym (»Von einem Deutschen«) im Anschluss an die Spartakistenaufstände der Novemberrevolution von 1918 veröffentlichten Flugschrift »Zarathustras Wiederkehr«, die vor erneuter Herdengesinnung, Radikalismus und Revanchismus warnt und zum individuellen Widerstand gegen den Anpassungsdruck von außen ermutigt. Nietzsches Diktum: »Es gibt in der Welt einen einzigen Weg, auf welchen niemand gehen kann außer dir: wohin er führt? Frage nicht, gehe ihn.« entsprach auch seiner Überzeugung, die freilich mehr das Ergebnis eigener Erfahrung war, als dem Studium philosophischer Schriften entsprang, die ja nicht zu der von Hesses bevorzugten Lektüre zählten.

Befragt nach seiner Beziehung zu Nietzsche antwortete Hesse im Juli 1953 dem Germanisten Professor Paul Böckmann: »Mit Nietzsche ging es mir etwa so: als ich ihn, etwa 1896 oder 97 entdeckt hatte, berauschte er mich vollkommen, und zwar mit dem Zarathustra.

Er berauschte mich ähnlich wie etwas früher Wagners Musik mich berauscht hatte. Beide male folgte, um Jahre später, die Ernüchterung. Bei Wagner war sie vollkommen, ich konnte ihn nicht mehr ausstehen und sah auf meine kurz dauernde Begeisterung etwa so zurück wie ein Student auf seine einstige Liebe zu Karl May. Bei Nietzsche war es freilich anders. Zwar ist der Zarathustra mir seit der ersten Ernüchterung nie wieder genießbar geworden, dafür lernte ich die nicht hymnischen seiner Schriften lieben, und als *Ecce homo* erschien, war es mir nochmals ein großes Erlebnis.«

Nietzsches Gedichte jedoch hat Hesse auch im Alter noch geschätzt, wie aus einem Brief vom April 1956 an Edmund Natter hervorgeht: »... die habe ich in der Jugend sehr geliebt, und sie haben ihren Zauber nicht verloren.« 1929, zwei Jahre nach dem *Steppenwolf*, schrieb Hesse in einem Brief an Hugo Marti: »Wir sind ja mitten in der Zeit, die Nietzsche schon deutlich beschrieben hat, wo der Geist entweder sich verleugnen oder durch die Verzweiflung hindurch muss, und wo es gerade die geistig Wachen und geistig Gesunden sind, die bis zum Krankwerden und Kaputtgehen an der Zeit leiden.«

Über die Gemeinsamkeiten zwischen Nietzsche und Hesse hat kürzlich der ungarische Literaturwissenschaftler László V. Szabó ein ganzes Buch veröffentlicht.

**Lieber Hermann Hesse,**
ich frage mich, wie es mit Harry Haller weitergegangen ist. Hat er das Spiel des Lebens begriffen und ist ihm klargeworden, dass er weit mehr als der Steppenwolf ist?

Herzliche Grüße
Dein Fan

**MaShaElfe**

Liebe MaShaElfe,
nachdem ich unter den zeitgeschichtlichen und persönlichen Turbulenzen meiner Steppenwolfjahre allmählich den Galgenhumor erlernen musste, also jene Heiterkeit mit der lachenden Träne im Auge, die sich nur nach tiefen und dauernden Schmerzen einstellt, blieb mir nichts anderes übrig als das »Spiel des Lebens« fortzusetzen, zunächst als *Narziß und Goldmund*, dann als Diener Leo auf einer spirituellen Fahrt ins Morgenland und schließlich als Glasperlenspieler Josef Knecht in der pädagogischen Provinz Kastaliens. »Mein Leben ist wie das jedes Dichters: es ist sehr schön in den Zeiten des Schaffens und kaum erträglich in den anderen Zeiten.«

Ist der Wille nach Mehr, der uns von den Allerweltsmenschen trennt, eine Krankheit, die unweigerlich in die Krisis des eigenen Anspruchs führt?

**Fabian Hartmann**

Lieber Herr Hartmann,
es kommt auf die Beschaffenheit des Mehr an, wonach man strebt. Die Allerweltsmenschen, von denen Sie sich unterscheiden, haben vor allem einen Zuwachs an materiellen Gütern im Sinn, der – wenn er in hemmungsloser Raffgier über die Sicherung der Existenzgrundlagen hinausstrebt – geradezu pathologische Züge annehmen kann. Es gibt aber auch die Sehnsucht nach mehr Lebensqualität, die auf vielerlei Weise befriedigt werden kann, durch eine Intensivierung der eigenen Sensibilität und Empfänglichkeit für das Schöne, durch einen Zuwachs an Bildung und Wissen oder durch Freude an der eigenen Arbeit. Denn »das Glück ist ein Wie, kein Was, ein Talent, kein Objekt«. Etwas schaffen war für mich die einzige Art von Glück, für die ich begabt bin. Was mir mein Leben bunt und reich gemacht hat, ist meine Arbeit, d.h. die Freude des Produzierens. Wann immer ich daran gehindert wurde, mündete es in Krisen.

## *Glück*

Solang du nach dem Glücke jagst,
Bist du nicht reif zum Glücklichsein,
Und wäre alles Liebste dein.

Solang du um Verlornes klagst
Und Ziele hast und rastlos bist,
Weißt du noch nicht, was Friede ist.

Erst wenn du jedem Wunsch entsagst,
Nicht Ziel mehr noch Begehren kennst,
Das Glück nicht mehr mit Namen nennst,

Dann reicht dir des Geschehens Flut
Nicht mehr ans Herz, und deine Seele ruht.

**Lieber Hermann,**
wie hältst Du es mit der Religion?

**HBttschneider**

Dazu schreibt Volker Michels: Es gibt von Hermann Hesse viele glasklare Stellungnahmen zur Religion, die wohl bekanntesten sind seine Essays »Mein Glaube« und »Ein Stückchen Theologie«. Aber auch in vielen Briefen und anderswo hat er Ihre Frage auf die hilfreichste und vielfältigste Weise beantwortet. Hier eine kleine Auswahl davon: »Mir sind alle Religionen der Welt teuer und ehrwürdig, weil sie alle die vielleicht edelste Fähigkeit des Menschen zur Quelle haben: die Ehrfurcht. Doch unterscheide ich trotzdem die Religionen nicht nur nach ihrem geistigen und kulturellen Niveau, sondern auch nach ihrer Toleranz. Und da gehört leider die christliche nicht zu den freundlichen, milden und toleranten, sondern zu den missionierenden, hochmütigen, allein selig machenden und gewalttätigen.« »Jeder, der an einen Sinn im Leben und an die hohe Bestimmung des Menschen glaubt, ist im heutigen Chaos wertvoll, einerlei zu welcher Konfession er gehört.« »Ich halte es nicht für das Wichtigste, welchen Glauben ein Mensch habe, sondern dass er überhaupt einen habe, dass er die Leidenschaft des Geistes kenne, dass er bereit sei, seinen Glauben, sein Gewissen zu verteidigen gegen die ganze Welt, gegen die Majorität und Autorität.« »Ich habe nie ohne Religion gelebt und könnte keinen Tag ohne sie leben, aber ich bin ein Leben lang ohne Kirche ausgekommen. Die konfessionell und politisch getrennten Sonderkirchen sind mir immer, und am meisten während des Weltkrieges, als Karikaturen des Nationalismus erschienen, und die Unfähigkeit der protestantischen Bekenntnisse zu einer überkonfessionellen Einheit schien mir immer ein anklagendes Symbol für die deutsche Unfähigkeit zur Einigkeit zu sein.« »Im politischen Denken fortgeschrittener Leute ist Nationalismus etwas Gewesenes, Vergangenes, in den Religionen herrscht der Kinderglaube an die Alleingültigkeit des eigenen Glaubens noch überall.« »Jede Religion ist schön. Religion ist Seele, einerlei ob man ein christliches Abendmahl nimmt, oder ob man nach Mekka wallfahrt.« »Der Inder sagt Atman, der Chinese sagt Tao, der Christ sagt Gnade.« »Alle Weisen und großen Lehrer, auch Jesus und Buddha hatten zum Grunde ihrer Lehre das Wissen um die Einheit des Lebens und um die Vergänglichkeit und Wandelbarkeit der Masken, unter welchen das Leben sich uns zeigt. Alle wussten, was die Theologen nicht wissen dürfen: dass der Mörder und Wüstling von heute der Heilige von morgen sein kann und der Edle und Priester zum Schädling und Gift werden kann.

Goethes Mephisto sagt, er gehöre zu der Kraft, die stets das Böse will und stets das Gute schafft. Es gibt auch das Gegenteil. Es gibt Unzählige, welche stets das Gute wollen und fast immer Böses tun, dem Leben Gewalt antun, die vielfältige Welt verarmen.«

Ich würde gern wissen, warum des denkenden Menschen Glück erst analysiert, dann zerfleischt und danach in weite Ferne rückt? Worin besteht das Geheimnis des glücklichen Menschen? Doch nicht in Dummheit? Oder Ignoranz?

**naradjana**

Naive oder, wie Sie sagen, dumme Menschen können manchmal recht glücklich sein, weil ihnen vieles nicht bewusst wird, was anderen zu schaffen macht. Das Analysieren oder »Zerfleischen« der Dinge ist dem Organischen nicht zuträglich, wenn es dabei das Ganze aus dem Auge verliert. Glückliche Momente erleben wir am ehesten dann, wenn es uns gelingt, im Einklang mit uns selbst zu leben, d. h. unsere ganz individuellen Anlagen und Begabungen im Beruf und Alltag zu praktizieren. Dabei gibt so viele Niveauunterschiede, wie es Menschen gibt. Hermann Hesse hat eine ähnliche Frage einmal so beantwortet: »Natürlich gibt es sehr viele Menschen, denen das Leben leichter fällt und die scheinbar wirklich ›glücklicher‹ sind; es sind die nicht stark Individualisierten, die keine Probleme kennen. Sich mit ihnen zu vergleichen hat für uns andre keinen Sinn; wir müssen unser eigenes Leben leben, und das bedeutet etwas Neues und Eigenes, immer Schwieriges und auch immer Schönes für jeden Einzelnen. Es gibt keine Norm für das Leben, es stellt jedem eine andre, einmalige Aufgabe, und so gibt es auch nicht eine angeborene und vorbestimmte Untauglichkeit zum Leben, sondern es kann der Schwächste und Ärmste an seiner

Stelle ein würdiges und echtes Leben führen und andern etwas sein, einfach dadurch, dass er seinen Platz im Leben und seine besondere Aufgabe annimmt und zu verwirklichen sucht. Das ist echtes Menschentum und strahlt immer etwas Edles und Heilendes aus, auch wenn der Träger dieser Aufgabe in den Augen aller ein armer Teufel ist, mit dem man nicht tauschen möchte.« »Ich neige manchmal dazu, glückliche Menschen für heimliche Weise zu halten, auch wenn sie dumm erscheinen. Was ist dümmer und macht unglücklicher als die Gescheitheit?«

Hat die Künstlerehe wirklich weniger Bestand als eine »normale« Ehe? Sie selbst haben einmal, wenn ich mich recht entsinne, die »Künstlerehe« zweifelnd betrachtet. Mag es vielleicht daran liegen, dass der »Künstler« seine Kunst zu sehr liebt, um sich der Liebe einer Frau zu öffnen, oder könnte es sein, dass Mann und Frau ganz generell nicht zusammenpassen und sich dieser Tatbestand in einer Künstlerehe weitaus schneller offenbart als in einer normalen Ehe? Und was genau ist eine Künstlerehe überhaupt? Sind es zwei Künstler, die miteinander verheiratet sind, oder ist es lediglich eine Ehe, wo der Mann ein Künstler ist, seine Ehefrau aber nicht oder umgekehrt?

**Carl Zoller**

Es gibt auf Ihre Frage keine eindeutige Antwort. Künstler-Ehen können durchaus glükken, besonders dann, wenn beide Partner kreativ und produktiv sind und das in der alltäglichen Gestaltung ihres Zusammenlebens respektieren. Aber auch wenn der Partner kein Künstler ist, können sie gelingen, wenn dessen Liebe ausreicht, die besonderen Konstellationen zu tolerieren und zu ermöglichen, die der Künstler braucht, um produktiv zu bleiben. Auf Liebe sind wir alle angewiesen, egal ob Künstler oder nicht. Für den Kreativen ist sie sogar ein entscheidender Antrieb seiner Arbeit. Denn nur produktiv, in der immer wieder neu hervorbringenden und gebenden Liebe spürt er sich selbst und will die Intensivierung des Lebensgefühls, die damit verbunden ist, möglichst ununterbrochen aufrecht erhalten. Sie ist sein Produktionsmittel. Sobald jedoch die praktischen und materiellen Erfordernisse, die Ablenkungen und Banalitäten des Alltags ihn daran hindern, die Schaffens-, Gebe- und Darstellungslust zu verwirklichen, kommt es zu Konflikten. Denn »der wirkliche Künstler dient einem Gott, der eifersüchtig ist wie Jehova und keine anderen Götter neben sich duldet.« So wenigstens war es bei mir, habe ich mich doch auf keine meiner drei Ehen aus eigenem Antrieb eingelassen. »Geboren und bestimmt zum Zölibatär hätte ich dabei bleiben sollen. Meine Heiraten waren Anpassungsversuche an das Bürgerliche, gut gemeint. Aber auch ohne sie hätte ich reichlich genug aufgepackt bekommen, um die von der Welt über die Introvertierten verhängte Strafe zu haben.« »Für den Künstler, überhaupt für den begabten Phantasiemenschen, ist die Ehe beinah immer eine Enttäuschung. Im besten Fall ist es eine langsame erträgliche, mit der man sich abfindet. Aber es stirbt dabei, ohne viel Schmerzen, ein Stück Seele und Lebenskraft ab, und wir sind nachher ärmer, während wir nach dem Erleben eines edlen großen Schmerzes reicher sind.« »Was im Denken und in der Kunst mein Vorzug ist, macht mir im Leben, besonders bei Frauen, oft Beschwerden: dass ich meine Liebe nicht fixieren kann, dass ich nicht Eines und Eine lieben kann, sondern das Leben und die Liebe überhaupt lieben muss.« »Gerade die guten Künstler und Dichter sind zwar oft feurige Liebhaber, aber selten gute Gatten. Denn der Künstler lebt in erster Linie für sein Werk. Er hat nicht mehr Liebe zu geben als ein anderer, sondern eher weniger, da die Arbeit an seinem Werk so viel davon fordert.«

Hast Du jemals an einer Formulierung »gebastelt«, nach Worten gesucht, einen Satz dreimal umgestellt, bevor er Dir gut genug erschien? Beim Lesen kommt es mir immer so vor, als sei das alles so runtergeschrieben worden, aus dem Herzen, aus dem Gefühl, – ich habe es erlebt, wie das ist, wenn der Kuli (oder PC) das Kommando übernimmt und ein Text sich »von selber« schreibt. Wie mag das bei Dir gewesen sein, dem Meister der Worte …?

**Bibi Bo**

Aber selbstverständlich, das macht ja den gewissenhaften Arbeiter aus! Eindrücke, Gefühle und Einfälle hat jeder. Um sie aber treffsicher und überzeugend ausdrücken zu können, muss man ungenügsam sein und sich Mühe geben. Zunächst sollte man dem spontanen Drang folgen und hinschreiben, was einen bewegt. »Erst nachher beim Kontrollieren und Ausarbeiten des Notierten beginnt die eigentliche Arbeit. Bei Musikern z. B. kommt es oft vor, dass sie einen melodischen Einfall haben, dessen Fixierung in Noten oft unmöglich erscheint, und dem sie dann mit Hilfe der Regeln beikommen müssen. Mit Fleiß allein lässt sich kein Kunstwerk machen. Dagegen unterscheidet gerade das den Dilettanten vom Künstler, dass der Dilettant meist mit dem ersten Einfall schon zufrieden ist, dass er das sprachliche und rhythmische Durcharbeiten scheut. Dem wirklichen Künstler dagegen macht es Freude, seine Arbeit möglichst vollkommen zur Ausführung zu bringen auch wenn es viele Korrekturen erfordert.« »Ohne die Beteiligung des Verstandes, der Kritik und Selbstkritik würde jede Kunst sehr schnell verkommen. Wie denn auch jeder Dilettant denkt :›Was kommt es viel auf die Worte, die Versmaße und all das an, wenn nur das Herz auf dem rechten Fleck sitzt.‹ Aber eben das genügt nicht.« »Was sind wir, solang wir dem Werk dienen, für geduldige, zähe und unermüdliche Schwerarbeiter, wir Literaten. Wie plagen wir uns, und am meisten und geduldigsten gerade um das, was die Leser gar nicht merken und was dem Erfolg unsrer Bücher mehr schadet als es nützt, um das, was im Grunde nur für ein paar Kollegen und für die paar Jahrzehnte ›Ewigkeit‹ vorhanden ist!«

Für »uns Schreibende aber ist das Schreiben immer wieder eine tolle, erregende Sache, eine Fahrt in kleinstem Kahn auf hoher See, ein einsamer Flug durchs All. Während man ein einzelnes Wort sucht, unter drei sich anbietenden Worten wählt, zugleich den ganzen Satz, an dem man baut, im Gefühl und Ohr zu behalten –: während man den Satz schmiedet, während man die gewählte Konstruktion ausführt und die Schrauben des Gerüstes anzieht, zugleich den Ton und die Proportionen des ganzen Kapitels, des ganzen Buches irgendwie auf geheimnisvolle Weise stets im Gefühl gegenwärtig zu haben: das ist eine aufregende Tätigkeit. Ich kenne eine ähnliche Gespanntheit und Konzentration aus eigener Erfahrung nur noch bei der Tätigkeit des Malens. Da ist es ganz ebenso: jede einzelne Farbe zur Nachbarfarbe richtig und sorgfältig abzustimmen, ist hübsch und leicht, man kann das lernen und alsdann beliebig oft praktizieren. Darüber hinaus aber beständig die sämtlichen Teile des Bildes, auch die noch gar nicht gemalten und sichtbaren, wirklich gegenwärtig zu haben und mit zu berücksichtigen, das ganze vielmaschige Netz sich kreuzender Schwingungen zu empfinden: das ist erstaunlich schwer und glückt nur selten.«

.................................................................................................

**Lieber Hermann Hesse,**
wie sehr konnten Sie in Ihrem Leben Ihrem Drang des Herzens folgen?

**B. Lorenz**

Liebe B. Lorenz,
das habe ich schon von klein auf versucht und mich nach Kräften gegen die Anpassungsnötigungen und Vergewaltigungen gewehrt, die uns zur sogenannten Normalität abrichten wollen. Aber der »Drang des Herzens«, wie Sie sagen, allein reicht natürlich nicht aus. Man muss ihn schon mit dem Verstand kontrollieren und steuern, sonst verfehlt man sein Ziel. »Gut ist der Mensch, wenn zwischen seinen Urtrieben und seinem bewussten Leben Harmonie herrscht, andernfalls ist er böse und gefährlich.« »Die Leute leben alle zentrifugal, ich versuche das Gegenteil.«

Wie stelle ich mich der Realität des bevorstehenden Todes eines geliebten Menschen und was kann ich ihm sagen, wenn er an kaum noch erträglichen Schmerzen leidet?

**Daniela Endlich**

Liebe Daniela Endlich,
das ist eine schwierige Lage, die man einzig durch Zuwendung erleichtern kann. Von unerträglichen Schmerzen befreien nur Medikamente, die hoffentlich über die behandelnden Ärzte zum Einsatz kommen. »Einschlafen dürfen, wenn man erschöpft ist, und eine Last fallen lassen dürfen, die man lange getragen hat, ist dann schließlich doch eine wunderbare Sache.«

## *Im Nebel*

Seltsam, im Nebel zu wandern!
Einsam ist jeder Busch und Stein,
Kein Baum sieht den andern,
Jeder ist allein.

Voll von Freunden war mir die Welt,
Als noch mein Leben licht war;
Nun, da der Nebel fällt,
Ist keiner mehr sichtbar.

Wahrlich, keiner ist weise,
Der nicht das Dunkel kennt,
Das unentrinnbar und leise
Von allen ihn trennt.

Seltsam, im Nebel zu wandern!
Leben ist Einsamsein.
Kein Mensch kennt den andern,
Jeder ist allein.

Ist es Ihnen durch das Schreiben gelungen, die tiefen Qualen, die Einsamkeit und Verlorenheit hervorrufen können, zu lindern? Oder verhält es sich vielmehr so, dass der Prozess des Reflektierens und Abstrahierens bei der Niederschrift Ihrer lebensnahen Erzählungen Sie eher daran gehindert hat, »am Leben zu gesunden«?

**Anita Ch**

Liebe Anita Ch,

jede Form der Ausdrucksarbeit hilft die Verletzungen, die das Leben uns zumutet, und auch die unfreiwillige Einsamkeit, die wir im Vergleich zum Verhalten der Normalmenschen empfinden, zu bewältigen. In meinen mehr oder weniger fiktionalen Darstellungen dessen, was ich erlebt und erfahren habe, konnten – oft zu meiner Überraschung – viele Menschen ihre eigene Wahrnehmung der Welt ausgedrückt und damit gerechtfertigt finden. Dass sie sich plötzlich mit ihren Problemen nicht mehr allein gelassen fühlen, haben mir unzählige Leserbriefe bestätigt. Das Vertrauen und die Zuwendung, die ich dadurch erfahren durfte, zeigt, dass meine Bemühungen vielleicht doch nicht ganz sinnlos waren. Das hilft zwar nicht »am Leben zu gesunden«, wie Sie schreiben, aber auch mir ist es dadurch erträglicher geworden. Jemand hat mich einmal gefragt, ob ich bei der Niederschrift trauriger Gedichte loswerde, was mich bedrückt. »Ja, manchmal wird der Schmerz dabei flüssig und fließt auch noch durch die holprigsten Trochäen ab.«

### *Keine Rast*

Seele, banger Vogel du,
Immer wieder mußt du fragen:
Wann nach so viel wilden Tagen
Kommt der Friede, kommt die Ruh?

O ich weiß: kaum haben wir
Unterm Boden stille Tage,
Wird vor neuer Sehnsucht dir
Jeder liebe Tag zur Plage.

Und du wirst, geborgen kaum,
Dich um neue Leiden mühen
Und voll Ungeduld den Raum
Als der jüngste Stern durchglühen.

Ihrer Biographie ist zu entnehmen, dass Sie sich niemandem vollkommen geöffnet haben, sich niemandem vollkommen verbunden fühlen konnten, sondern zeitlebens eine gewisse Einsamkeit, menschliche Distanz und Eigensinnigkeit hingenommen und bewusst vorgezogen haben. Dennoch fühlen sich viele Leser tief mit Ihnen verbunden, weil Sie in Ihrer Prosa, Ihren Gedichten und Ihren Bildern aus deren Seelen sprechen. Das lässt vermuten, dass Ihre Gefühle, Ihre Freuden und Leiden, Ihre Ängste, Ihre Einsamkeit letztlich die waren, die uns alle ereilen.

Wie hätte ein Mensch sein müssen, der Sie so beeindruckt, so überzeugt und Ihr Herz so berührt, dass Sie sich vollkommen öffnen wollen, vollkommen vertrauen wollen und sich nur noch vollkommen mit dieser Person fühlen?

**Die Kriegerin**

Vollkommen öffnen, wie Sie sagen, kann sich der Künstler nur in seinem Werk, im Darstellen dessen, was ihn bewegt, erfreut oder zu schaffen macht. Das habe ich ein Leben lang versucht und mich immer gewehrt, wenn ich durch Menschen, die etwas anderes von mir wollten, daran gehindert wurde. Die scheinbare Distanz vom Treiben der Mitmenschen, das Bedürfnis nach Alleinsein, hängt damit zusammen. Nur mit Hilfe der Darstellung meines Lebens konnte ich es ertragen. Denn das Aufschreiben zwingt uns die Erlebnisse genau anzusehen, und meistens werden sie dadurch verständlich. Verständlich zunächst für uns selbst und danach – oft zu meiner Überraschung – auch für viele andere, die sich darin wiedererkennen. Einem einzelnen Menschen kann man wohl nur dann vollkommen vertrauen und sich eins mit ihm fühlen, wenn die Gemeinsamkeiten überwiegen und keiner den anderen daran hindert, seinem inneren Kompass zu folgen.

Ab wann weiß man, dass man angekommen ist, oder ist es tatsächlich so, dass man durch die ganzen Optionen, die einem das Leben bietet, ständig ein Suchender bleibt? Wann weiß man, was man vom Leben will?

**Isa**

Liebe Isa,
»angekommen« ist man nie. Doch gibt es manche, die sich für vollkommen halten, nur weil sie geringere Ansprüche an sich stellen. »Der Mensch ist nichts Festes und Fertiges, sondern etwas Werdendes, ein Versuch, eine Ahnung und Zukunft, Wurf der Natur nach neuen Formen und Möglichkeiten. Denken ist kein Verharren, sondern Bewegung.« »Jedem von uns ist ein Erbe mitgegeben, er hat von Vater und Mutterseite, von vielen Ahnen her gewisse Eigenschaften, gute und böse, angenehme und schwierige geerbt, Talente und Mängel, und all dies zusammen ist Er, und das Einmalige hat er zu verwalten und zu Ende zu leben, reif werden zu lassen, und schließlich mehr oder weniger vollkommen zurückzu-

geben.« »Der Mensch ist nichts Festes und Fertiges, sondern etwas Werdendes, ein Versuch und Übergang, die schmale gefährliche Brücke zwischen Natur und Geist, Wurf und Sehnsucht der Natur nach neuen Formen und Möglichkeiten.«

»Es gibt den Frieden, gewiß, aber nicht einen, der andauernd in uns wohnt und uns nicht mehr verläßt. Es gibt nur einen Frieden, der immer und immer wieder mit unablässigen Kämpfen erstritten wird und von Tag zu Tag neu erstritten werden muß.«

**Lieber Hermann Hesse,**
gibt es Dinge in Ihrem Leben, die sie bereuen?

**Viviane Hermoso Martinez**

Liebe Viviane Hermoso Martinez,
all die Zeit, die ich auf Behörden oder mit einem Großteil der unangemeldeten oder mir unerfreulichen Besuchern verschwenden musste.

Wie schaffst Du es, die Liebe beim Nachdenken aufrechtzuerhalten? Je mehr der Mensch denkt, desto unglücklicher wird er. Denn jede Antwort wirft unzählige Fragen auf. Hat Dich das nie abgeschreckt?

**Sonja Lewin**

Liebe Frau Lewin,
das Nachdenken ist eines der Produktionsmittel des Schriftstellers. Sich Rechenschaft abzulegen über das Erlebte und sich durch dessen Darstellung darüber klarer zu werden gehört zu seinen Lebensfunktionen und Grundbedürfnissen, wobei man nicht unbedingt unglücklich werden muss. Im Gegenteil hat es meist etwas Befreiendes. Aussichtslos und unfruchtbar ist nur das abstrakte Spekulieren. Man sollte immer nah am Erfahrenen und Konkreten bleiben, sonst verliert man sich im luftleeren Raum.

Was würden Sie einem jungen Menschen raten, der sich von der Vielfalt des heutigen Berufslebens erschlagen fühlt und es nicht schafft, sich für einen beruflichen Weg zu entscheiden?

**Dr. Oese**

Lieber Dr. Oese,
die Vielfalt der Berufsmöglichkeit hat ja auch ihr Gutes, weil sie mehr Betätigungsfelder bietet als in früheren Zeiten. Doch gilt es, sich zunächst darüber klarzuwerden, welche besonderen Anlagen und Talente man mitbringt, in welchen zu betätigen einem Freude macht. Wenn es glückt dafür in der großen Palette der Berufsbilder eine Entfaltungsmöglichkeit zu finden, kann eigentlich nichts mehr schiefgehen. »Auf dem Weg von der Jünglingszeit zum

Mannesalter sind die beiden Hauptstufen: das Innewerden und Bewusstmachen des eigenen Ich, und dann die Einordnung dieses Ich in die Gemeinschaft. Je einfacher und problemloser ein Jüngling ist, desto weniger Beschwerden werden beide Aufgaben ihm bereiten. Die stärker differenzierten und begabten Naturen haben es schwerer, am schwersten die, denen nicht ein Spezialtalent von selber den Weg zeigt. Jedes Leben aber ist ein Wagnis und das Gleichgewicht zwischen den persönlichen Gaben und Trieben und den sozialen Forderungen muss immer wieder neu gefunden werden. Es geht nie ohne Opfer, nie ohne Fehler. Und auch wir Alten und scheinbar Arrivierten und Gefestigten, stehen nicht über den Zweifeln und Fehlern, sondern mitten darin.«

**Lieber Hermann Hesse,**
mich interessiert, wie Sie über das Internet und Socialmedia denken? Man könnte behaupten, im ›Glasperlenspiel‹ einige Anleihen an die Vernetzung des Wissens zu erkennen, was halten Sie von dieser Interpretation?

**Patblaser**

Wie jede neue technische Errungenschaft hat auch das Internet ein Janusgesicht. Es ermöglicht unvergleichliche und blitzschnelle Gelegenheiten zur Information, Kommunikation und auch der Selbstdarstellung, die sich als segensreich erweisen, wenn der Benutzer eine gefestigte Persönlichkeit ist, die über Selektionsvermögen verfügt. Andererseits ermöglicht es leider auch der Mehrzahl der labileren Zeitgenossen, insbesondere den skrupellosen Profiteuren und mehr oder weniger Kriminellen, ganz neue Wege, ihre Ziele zu verfolgen. Die Vernetzung des Wissens, wie es auf den kastalischen Schulen des *Glasperlenspiels* praktiziert wird, halte ich für eine der segensreichen Anwendungsmöglichkeiten des Internet.

## **Leser antworten**
auf Briefe von Hermann Hesse

»Liebe Hilde!

[...] Ihr Heimweh nach Jena gefällt mir nicht, Hilde. Heimweh nach der Mutter ist immer ein schlechtes Zeichen, das heißt ein Zeichen von Konflikten im Innern, mit denen man selber nicht fertig wird.

Mir fehlt es stets an Mut, in andrer Leben hineinzureden. Auch bei Ihnen habe ich es nie gewagt. Aber wenn Sie mich einmal fragen würden, so würde ich Ihnen sagen: Die Sache mit Ihrem Bräutigam ist nach meinem Empfinden reif, um mit der Schere abgeschnitten zu werden. Die Schmerzen dabei kommen nicht in Betracht. Daß Sie neben einem Manne herleben, hat keinen Sinn und ist eine Sünde an Ihnen selbst. Wenn Sie sich nicht von diesem Manne, und nur und allein von diesem, Kinder wünschen, so liegt für einen Menschen wie Sie kein leisester Grund zum Heiraten vor.

Seien Sie nicht bös, oder seien sie es auch. Sie sind einer von den seltnern Menschen, die auf dem Weg zu sich selber sind und die den Schmerz erleben, daß dieser Weg zu sich selber lauter Interessen beleidigt, die sonst für heilig gelten. Aber der Weg zu sich ist noch heiliger als alle diese schönen Bürgerideale. Ich erlebe das zur Zeit im Verhältnis zu Amt, Vaterland, »heiliger Pflicht«, »heiligsten Gütern« und all diesem Bazar von edlen Dingen. Sie erleben es im Verhältnis zu Eltern, Bräutigam und heimatlicher Welt [...]«

## Leserstimme

Der Weg zu sich selbst, der Weg, die eigene Individualität zu entfalten und zu leben, scheint mir ein besonderes Anliegen in Hesses Werken zu sein, ein Plädoyer zu mehr Eigensinn. Wie kein anderer konnte er die Selbstentfaltung als die heiligste Pflicht gegenüber sich selbst preisen, ohne dass es zu einer Farce an Egoismus verkam. Die Entfaltung des Ichs von jedem Einzelnen war schlussendlich auch sein Weg zu einer besseren Gemeinschaft und einem besseren Miteinander. Und so geht es wohl allen leidenschaftlichen Hesse-Lesern, dass sie ihm darin widerspruchslos zustimmen, sich von seiner Sichtweise, seiner sprachlichen Ausdrucksweise bestärken lassen. Ich empfand seine Werke immer als Quelle der Inspiration und der Weisheit, als Ansporn, sich selbst treu zu bleiben und mit selbstsicherem Schritt und aufrechtem Gang den eigenen Weg zu beschreiten, so holprig und uneben, steil und unsicher er auch sein mag, denn der Weg zu sich selbst ist niemals leicht zu beschreiten. Aber auch darüber wusste er zu schreiben, über die Zweifel und die Gefahren, die Unsicherheiten, die Ängste und Sorgen die auf diesem Weg lauern, doch meist mit Zuversicht, mit Hoffnung. Denn wer nur aus Pflichtgefühl handelt, sich selbst verleugnet, wird am Ende sich selbst als auch dem Gegenüber keinen guten Dienst erweisen.

**Christina Mayer**

**»Heim kommt man nie. Aber wo befreundete Wege zusammenlaufen, da sieht die ganze Welt für eine Stunde wie Heimat aus.«** *Demian*

Im Herbst 1919 schrieb Hermann Hesse an Carl Seelig:
»Lieber Freund Seelig!
Ja, leben Sie dem Drang Ihres Herzens nach! Es ist der beste Weg. Was gut und was schlecht ist, weiß ich nicht, es ist mir immer zweifelhafter geworden. Gut ist der Mensch, wenn zwischen seinen Urtrieben und seinem bewußten Leben Harmonie herrscht, andernfalls ist der böse und gefährlich, einerlei ob er ein Kriegsgewinner oder ein Asket in der Wüste sei.«

**Leserstimmen**

So folge Deinem Herzen, sagt er da wohl seinem Freund. Es ist der beste Weg, denn es ist der einzige, mit dem wir wirklich leben können. Bewertungen wie »gut« und »schlecht« erlebt Hesse, so wie ich, so wie viele, als sehr relativ. In der Tat gibt es das nicht, denn wir sehen alles nur aus der sehr beschränkten Perspektive unserer kleinen Welt. Der Mensch kann nur »gut« sein, wenn er mit sich selbst im Einklang ist. Wenn er ein authentisches Leben leben kann. Dann ist er gut, denn dann ist er im Frieden mit sich. Andernfalls leiden alle unter ihm, egal wie seine äußere Erscheinung ist. Der Mensch entmenschlicht sich, wenn er diesem seinem Herzen nicht folgt und versucht, ein anderer zu sein, als er ist. Und das Entmenschlichen geschieht auch dort, wo scheinbar hohe Ziele herrschen, z. B. in der Kirche. Alles Gute wird pervertiert, wenn wir unser einziges wirklich stimmiges Instrument dafür, was für uns selbst gut oder schlecht ist, nicht benutzen – das Herz!

**Ellen Brust-Yaiser**

Der Drang des Herzens muss nicht immer positiv sein. Das Herz ist geprägt (von der Kindheit, Geburt, Krankheit etc.). Man hat schon früh festgelegt, was schlecht und gut ist. Wie soll man da Harmonie hineinbringen? Es ist ein Pulverfass und entscheidet mal so und mal so. Die Harmonie zwischen Urtrieb und bewusstem Leben würde ich sofort unterschreiben. In meiner Ausbildung lernte ich, dass das »Gut« und »Böse« von den Ansichten der Gesellschaft abhängt. Dein Umfeld entscheidet das. Man kann sich der Gesellschaft anpassen und »gut« sein, oder man ist anders und ist »schlecht«. Mir persönlich gefällt eine Klassifikation von »schlecht« und »gut« nicht.

**Sonja Lewin**

»Was gut und was schlecht ist«, das weiß niemand so genau. Vielmehr steckt in allem und jedem das Gute wie auch das Schlechte. Für unsere heutigen Kinder ist es viel schwieriger, zwischen Gut und Böse zu unterscheiden, das Gute als auch das Schlechte an sich selbst zu akzeptieren. Eine Harmonie zwischen »Urtrieben« und »bewusstem Leben« – wie soll diese entstehen bei ständigem Leistungsdruck, Konkurrenzkampf, durchorganisierten Nachmittagen und heimlichen »Chat-Nächten«? Da bleibt nicht mehr viel Zeit, um dem Drang seines Herzens zu folgen.

**Viviane Hermoso Martinez**

»Leben Sie den Drang Ihres Herzens nach!« – Seien wir einmal ehrlich: Wer tut das heute noch wirklich? Wer hört in seinen Entscheidungen auf sein Herz? Vielmehr sind es doch andere Faktoren wie beispielsweise Macht, Gewinn und Prestige, die ausschlaggebend für unsere Entscheidungen sind ... Des Weiteren unsere Vernunft, die uns das – und nichts anderes! – tun lässt, was uns durch Erwartungen der Gesellschaft an uns vorgeschrieben ist. Unser eigenes Sehnen, Wollen, Wünschen und Streben ignorieren wir dabei und verleugnen es nicht selten sogar. Aber ist nicht das Unsere die eigentliche Bestimmung? In unserem Leben uns selbst wiederzufinden und unserer Welt durch unsere eigene gelebte (!!!) Individualität zu ihrem vielschichtigen Gesicht zu verhelfen? Jedem ist eine Bestimmung zugedacht; wir sollten uns mehr darum bemühen, herauszufinden, was unsere Bestimmung ist, und wo, wenn nicht in unseren Herzen, könnten wir diese finden?!

**Julia Le Livre Buch**

Das Leben ist so viel mehr als die kleinbürgerliche Einteilung in Gut und Böse. Moral und Unmoral. Tugend und Sünde. Schwarz und Weiß. Der Mensch trägt nicht nur Licht und Dunkel in der Seele, es gibt Farben und Zwielicht und wechselhaftes Lichtspiel. Die eigene Mitte zu finden, die Harmonie zwischen Trieb und Bewusstsein – »zu Leben, was von selbst aus einem heraus will« –, das ist die Aufgabe und das Ziel. Der Weg zur Selbstverwirklichung durch innere Werte, ungeachtet der äußeren Zwänge durch Gesellschaft, Religion oder Politik.

**Christina Mayer**

Ich bin ganz seiner meinung denn mit kriegsgewinnler oder asket will er uns sagen dass man sich nicht vom schein des zeigens und tuns blenden lassen soll. Man kann den einfachen asketen spielen oder den prunkhaften gewinner solange aber jeder von uns nicht seine goldene mitte in sich gefunden hat und das heißt einklang zwischen dunkel und hell zwischen gut und böse denn das hat jeder in sich wird es kein harmonischer mensch sein. Denn man braucht harmonie in der seele um richtige entscheidungen zu treffen und herzwärme zu spüren, die dann das gute im menschen hervorbringt das sich wieder wie ein sonnenstrahl in der umgebung zeigt.

**glyka**

Typisch unlogischer Hesse-Brief. Erst schreibt er, er wisse nicht, was gut und was schlecht ist, um gleich darauf eine Definition zu liefern. Ein schlechter Mensch, der als Asket in der Wüste lebt, kann sein, was er will. Keiner wird es erfahren oder erkennen können, weil keiner mit ihm in Kontakt tritt. Hesses Schlussfolgerung ist also falsch! Dennoch: Gerade diese jugendhafte, verworrene Herzschmerz-Haltung macht Hesse für Leser in der Adoleszenz so attraktiv. Ich habe, glaube ich jedenfalls, damals alles von ihm gelesen und war begeistert. Er war der Größte für mich. Als ich im Alter von dreißig Jahren nochmals ›Narziß und Goldmund‹ in die Hand nahm, war ich entsetzt. Ich fragte mich, wie ich so was jemals mögen konnte. Als ich etwa vierzig Jahre alt war, lief ich eher zufällig über einen Flohmarkt und kam an einem Buchhändler vorbei. Ich stöberte in den Büchern und fand einen Band, ›Siddhartha‹. Meinen hatte ich irgendwann verliehen und nie wieder zurück bekommen. Ich dachte bei mir: »Ach, den kauf ich mir jetzt. Vielleicht lese ich mal rein. Versuchen kann man es ja mal«. Zu Hause angekommen, legte ich mich auf die Couch und las, und las, und las und konnte es nicht mehr aus der Hand legen. ›Siddhartha‹ war immer noch so gut wie beim ersten Lesen vor mehr als zwanzig Jahren. Für mich ist es Hesses Meisterwerk.

**Parmenides111**

Dieser Briefauszug verkörpert Hesse ganz typischerweise. Immer zweifelnd. Im zweiten Teil jedoch beantwortet er sich die Frage nach dem »richtigen Weg« jedoch selbst. Wie schon Aristoteles mit der antiken Mesotes-Lehre versucht zu verdeutlichen: Versuche ein Leben in der Mitte, zwischen zwei Extremen – Übermaß und Mangel – zu finden.

**Lexi Drenner**

Es war ihm ein besonderes Anliegen, dass ein jeder nach seinem Herzen leben soll. Das zeigt sich besonders im *Glasperlenspiel* und in *Narziß und Goldmund*. Zumindest sind dies die Bücher, die mich am meisten dazu bewegen, über mein eigenes Leben nachzudenken.

**B. Lorenz**

**»Weich ist stärker als hart, Wasser stärker als Fels, Liebe stärker als Gewalt.«** *Siddhartha*

Leben Sie dem Drang Ihres Herzens nach ... welch schöne Worte, mal wieder. Ich würde es der Intuition folgen nennen, aufrichtig handeln, meinen Gefühlen folgen, mich nicht verbiegen, meinen Weg gehen. Und ich stimme Hesse zu, nur wenn wir das tun – leben, was wir fühlen – sind wir *gut*.

**Bibi Bo**

Der Brief verlangt von seinem Leser klar ein Loslösen aus dem Korsett der Pflichten, die entweder die Gesellschaft an einen stellt oder das Individuum an sich selbst. Indem Hesse sagt, er wüsste nicht mehr, was gut und was schlecht sei, geht er gleichzeitig auf eine Grundfrage der Menschheit ein. Was ist zu tun und was ist zu unterlassen? Was macht richtiges Verhalten überhaupt aus. Er antwortet darauf schon im Voraus und uns a. k. a. Herrn Seelig dazu aufruft, auf sein Herz zu hören. Sogar dem »Drang« des Herzens zu folgen. Vielleicht glaubt Hermann Hesse das, weil er davon ausgeht, dass der Kern eines Menschen nicht das Böse ist, wie man es zu heutigen Zeiten zu wissen glaubt. Vielleicht glaubt er daran, dass »Liebe« – was an sich ein viel zu oft benutztes Wort ist, sodass es in vielen Kontexten kitschig oder schäbig klingt – unser Handeln tatsächlich leiten kann und dass der Mensch dann erst gar nicht »schlecht« handeln kann. Für mich ist es eine These, die perfekt in *Siddhartha* passen würde. Andererseits fordert Hesse allerdings auch auf, mit seinen »Urtrieben« ins Reine zu kommen, um mit sich selbst auskommen zu können. Denn ohne Harmonie lebt der Mensch in Extremen. Für mich persönlich eine Aussage, die dem ›Steppenwolf‹ entstammen könnte.

**Arabella Wintermayr**

Dem Drang des Herzens nach leben … Für mich bedeutet das auch, auf sein Bauchgefühl zu hören und der inneren Stimme zu folgen. Sie weiß am besten, was *jetzt* gerade gut für uns ist. Je achtsamer und bewusster der Mensch durchs Leben geht, desto mehr erfüllt er seinen Lebenszweck.

**MaShaElfe**

Es ist beruhigend zu lesen, dass auch Hermann Hesse manchmal verzweifelt war.

**Alexander Dagelmeyer**

---

Im März 1928 schrieb Hermann Hesse an Walter Schurig:

»Ihr lieber Brief traf mich grade beim Antritt einer längern Reise. Ich kann Ihnen nur sagen, daß Ihre Auffassung mir sympathisch ist und das Wesentliche zu treffen scheint. Erziehung hat mich nie interessiert, dagegen Selbsterziehung immer. Aus Anlage und dem, was das Leben uns in die Hand gibt, sein Schicksal zu schmieden – aus individueller Herkunft und überpersönlichem Ziel die Spannung zum Streben zu nehmen – das Höchste an Menschenbild als Ideal in sich tragen und doch den Alltag und Zufall mit Phantasie und Humor nehmen – das etwa würde ich heut als Inhalt meiner ›Erziehungs‹versuche nennen.«

## Leserstimmen

Hermann Hesse war vielen in seiner Zeit voraus. Heute träfe er »mehr von sich« an. Heute wäre er einer von uns, die wir auch auf dem Weg der Selbsterkenntnis, des eigenen Wachstums unterwegs sind. So stellt sich auch die Frage, ob wir ohne Menschen wie ihn heute das wären, was wir sind. Ob wir die Möglichkeiten überhaupt als Möglichkeiten erkennen könnten, die wir heute haben. Menschen wie er haben über die Wege der Sprache, die in unserer Gefühlswelt Bilder generiert, es überhaupt erst möglich gemacht, »weiter« zu denken, »weiter« zu werden.

**Ellen Brust-Yaiser**

»Das Höchste an Menschenbild« ... was wollte Hesse wohl darunter verstanden wissen? Dachte er an die Zeilen in Johann Wolfgang von Goethes »Das Göttliche«, wo es direkt zu Beginn heißt: »Edel sei der Mensch, / Hilfreich und gut! / Denn das allein / Unterscheidet ihn / Von allen Wesen, / die wir kennen.«? Denkbar wäre es, dass Hesse an diese Zeilen dachte, lassen sich doch im *Steppenwolf* immer wieder Ähnlichkeiten, Allusionen und Hinweise zur Figur des Faust von Goethe nachweisen, was uns zeigt, dass er Kenntnisse zum Goethe'schen Werk besaß. Auch der Humor als Kraftquelle, das eigene Unvermögen, das eigene Scheitern, aber auch den gesamten Alltag zu meistern, lässt sich auf den *Steppenwolf* zurückführen. Da Hermann Hesse meines Wissens nach aus einem intellektuellen und stark christlich geprägten Umfeld stammte, dürfte er einen Großteil des Werkes von Goethe gekannt haben, ebenso selbstverständlich dürften für ihn auch christliche Grundideen und Werte gewesen sein. Nach dem biblischen Glauben ist das Menschenbild ein Abbild des Göttlichen (»Und Gott schuf den Menschen als sein Abbild; / als Abbild Gottes schuf er ihn.« [1. Mose 1, 27]). In diesen wenigen Zeilen wird ein Teil von Hesses gedanklichem Raum in den oben genannten zwei Aspekten spürbar. In welch schillernden Farben er diese Gedanken immer wieder aufgreift und ausbaut, kann jeder Leser in den Werken Hermann Hesses selbst entdecken.

**Julia Le Livre Buch**

Erziehung ist für mich auch der Versuch, das an anderen ändern zu wollen, was mir an mir selber missfällt. Oder anders ausgedrückt, was mir selber nicht gut tut, mir aber nicht bewusst ist, dies am anderen ändern zu wollen. Sie schreiben ganz richtig, dass Selbsterziehung die einzige Erziehung ist, die von Erfolg gekrönt sein könnte, sollte sie aus tiefstem Herzen und tiefster Überzeugung kommen. Kommt sie nur aus dem Wunsch heraus, zu gefallen, dann ist sie auch schon gescheitert. Und noch ein Gedanke zur Erziehung fällt mir ein; Erziehung gelingt nur, in dem ich das lebe, was ich vertrete, was ich anderen zeigen möchte, was mir wichtig erscheint eben auch für einen anderen.

**Ursula Scholl**

**»Wer ›nicht in die Welt passt‹, der ist immer nahe daran, sich selber zu finden.«** *Demian*

Eigenes Schicksal erkennen und mit ihm einverstanden sein, sich selber nicht zu wichtig nehmen und gelassen durch das Leben gehen, mit viel Humor und dem Vertrauen, dass alles, was kommt, kommen musste. So und nicht anders. Vielleicht nähern wir uns auf diese Weise unserem Glück.

**Izabela Karpiuk**

Sehr geehrter, lieber Herr Hesse, Sie und Ihre Gedanken zur Selbstwerdung haben mich immer begleitet. Ich bin in einem Umfeld aufgewachsen, in dem Erziehung sehr viel galt (»Folgen« nannte man das, was als die edelste Aufgabe eines Kindes angesehen wurde.) und Selbsterziehung mit Misstrauen und Widerstand begegnet wurde. Landsberg, wo ich die ersten 19 Jahre meines Lebens verbrachte, gelangte im »Dritten Reich« als eine der »Führerstädte« zu trauriger Berühmtheit. Als der Albtraum von Befehl und Gehorsam sich in den 50er und 60er Jahren anderswo allmählich verflüchtigte, da blieb Landsberg standhaft von dieser Entwicklung ausgenommen. Zumindest habe ich das in meiner engeren Umgebung so erlebt. Selbsterziehung zur Individualität galt in meiner Familie als anrüchig, und jemand, der wie ich später Literaturwissenschaft studierte, als Faulpelz, der sich mit Büchern beschäftigt – während eine gesunde, tüchtige Bürgersfrau nur dann liest, wenn sie zu müde zum Handarbeiten ist. Ich bin nie ohne eines Ihrer Bücher im Koffer dorthin zurückgefahren. Ihre Gedanken über Selbstzweifel und Selbstwerdung waren die Freunde, die mich dorthin begleitet haben und mir die notwendigen Besuche erträglich machten. Dafür danke ich Ihnen

Ihre

**Marianne Kaindl**

Es ist immer wieder zu beobachten, wie ein gelebter Zeitgeist große Unzufriedenheit bei vielen Menschen hervorruft. Man leidet unter gewissen Zuständen und der einzige Ausweg, der einem in den Sinn kommt, ist, das Gegenteil dieser Zustände heraufzubeschwören. Im vorliegenden Fall betrifft das die Methode der Erziehung. Die autoritär geführte Erziehung stößt besonders bei kreativ und mit Phantasie arbeitenden Menschen auf großen Widerstand. »Was hätte nur aus mir werden können, wenn ich aus eigenem Antrieb hätte lernen können ...« Die für die heutige Zeit außerordentlich wichtige Lösung der Erziehungsfrage liegt jedoch nicht im Gegenteil der autoritären Erziehung, sondern in einer ganz neuen Form: Erziehung bedeutet heute unterstützende und kontrollierende Interaktion. Der reformpädagogische Ansatz, der durch den Brief fast schon gefordert wird, ist ebenso überholt, wie es die autoritär geführte Erziehung ist.

**Sascha Bürgin**

1917 antwortete Hermann Hesse auf einen Brief von Carl Seelig:

»In Ihren Zeilen macht etwas mich besorgt. Es ist die ›dunkle Ahnung‹, von der Sie schreiben.

Ich kann mitfühlen, aus Erfahrung. Doch habe ich auch das erfahren: diese Ahnungen sind wahre und ernste Stimmen aus unserm Unbewußten; sie lügen nicht. Täuschend aber ist fast immer die vorläufige Deutung, die wir ihnen geben.

Ich meine es so: diese ernste Stimme bedeutet fast immer, daß etwas in uns sterben will. Irgendeine unsrer bisherigen seelischen Lebensformen, eine unsrer Beziehungen zur Welt will absterben – das heißt, unsre Seele legt ein Kleid ab und sucht ein neues. Denn jeder solche Tod in uns ist, wenn wir ihm gerecht werden, zugleich eine Geburt. Wie die Braut weint und Angst hat, wenn sie dem Mann folgen, das völlig Neue beginnen soll, so schauert unser Wesen, wenn irgendein Stück Reife und Schicksal in uns sich meldet.«

**Leserstimmen**

… und doch sind wir Jahre später meist froh über diese Wendungen und Entwicklungen unseres Inneren. Wer diese Ahnungen verspürt, diese Stimmungen wahrnimmt, der sei glücklich zu schätzen, denn so kann er sich selbst, seines Wesens, aber auch gleichzeitig der Welt bewusst sein und in dem Bewusstsein eines sich verändernden Wesens den Gang der Welt mit- und nachvollziehen. So erst wird wahres, selbstreflektiertes Leben möglich.

**Julia Le Livre Buch**

**»Aller Humor fängt damit an, daß man die eigene Person nicht mehr ernst nimmt.«** *Der Steppenwolf*

»… so schauert unser Wesen, wenn irgendein Stück Reife und Schicksal sich in uns meldet.« Eine wunderbare Formulierung für das oftmals schwierige Durchschreiten der inneren Lebensräume und (Er-)Lebensphasen … Die Untrennbarkeit von Abschied und Neubeginn ist darin beschrieben – vielleicht ahnen und erfahren wir die tiefe Wahrheit und Bedeutung dieser Zusammenhänge erst im Laufe vieler gelebter Abschiede und Neubeginne?

**Annette Wiese**

Wir alle haben, wenn lebenswichtige Entscheidungen bevorstehen, Angst, dem Unbekannten zu folgen. Aber etwas tief drinnen in uns will es so, dass wir ihn schließlich doch wagen, den Sprung in eine andere, gänzlich neue Welt. Wir alle träumen den Traum von Freiheit und Glück, und es führt kein Weg zurück. Also vertrauen wir auf die Kräfte des Weltalls, die uns hervorgebracht haben, und schreiten mutig voran voller Gott- und Selbstvertrauen. Der Schöpfer will, dass wir ihn sehen und erkennen, und es ist grad so, als würde er uns zuwinken und zuraunen: »Bonne Chance, Ihr Menschenkinder, weint nicht und habt keine Angst, denn ich bin bei euch alle Tage, bis an der Welt Ende!« Denn jeder Tod, wie auch Hesse sagt, ist zugleich eine Geburt. Nur müssen wir wohl viele Tode sterben und viele Male neu geboren werden, bis wir schließlich, jeder auf seine eigene bescheidene Art, Erleuchtung erlangen.

**Carl Zoller**

Ich glaube nicht, dass etwas in uns sterben will. Ich glaube vielmehr, dass etwas in uns geboren werden will. Wenn die Seele sich weiterentwickelt, dann darf sie sich nicht am Althergebrachten festhalten. Mag sein, dass ein Stückchen Beziehung zu dieser Welt verloren geht, vielleicht verändert sie sich auch nur. Was bisher wichtig war, verliert an Bedeutung und andere Dinge gewinnen an Bedeutung. Letztendlich geht es immer um das Loslassen, das wir üben müssen.

**B. Lorenz**

# Hesse und ich

Der Professor. Heut hat er dieses Buch an der Kasse liegengelassen. Er hat es aus der Fahrradtasche geholt, um seine Einkäufe besser darin verstauen zu können. Ich habe es dann eingesteckt, damit es nicht verloren geht ... *Das Glasperlenspiel* ... Hm. Das Buch fängt erst mal damit an, zu entschuldigen, dass es überhaupt geschrieben wurde. Wenn ich das richtig verstehe, spielt es in der Zukunft ... Und darum geht es für mich im *Glasperlenspiel*: Sei wie ein kleines Mädchen, das mit Glasperlen spielt und entdecke Strukturen, die irgendwie zusammenhängen. Irgendetwas auf der Weltkarte des Universums. Strukturen in Physik, Biologie, Architektur, Musik, irgend zwei Dinge, die überraschenderweise irgendwie zusammenhängen. Es geht genau darum, Dinge zusammenzubringen.

**Anna**

**»Man hat nur Angst, wenn man mit sich selber nicht einig ist.«** *Demian*

Das erste Mal ist mir in der 11. Klasse ein Hesse-Buch in die Hände geraten. *Siddhartha*. Unterrichtsstoff. Es war keine Liebe auf den ersten Blick. *Siddhartha* gefiel mir, keine Frage. Ich konnte mir die Zeit damit vertreiben, mir ein paar Gedanken machen, aber es verhielt sich eher so wie Smalltalk mit einem flüchtigen Bekannten. Im Gespräch zeigt man sich offen, geht auf den anderen ein ... und eine Stunde später weiß man nicht mehr, worüber man eigentlich gesprochen hat, nur dass es doch ganz nett war.

Dann lief Hesse mir wieder über den Weg. Ebenfalls in der Schule. *Der Steppenwolf*. Buchvorstellung. Dieses Mal blieb etwas hängen, etwas an diesem Buch ließ mich nicht los und ich musste es unbedingt selbst lesen.

Der Mensch mit Hunderten von Persönlichkeiten in einer Seele, die Zerrissenheit, die Sehnsüchte, der anstrengende Weg, sich selbst zu finden. Ich kam mir vor, als hielte mir dieser Mann einen Spiegel vor. Und genau das ist es, was Hermann Hesse für mich bedeutet, für mich zu einem bedeutenden Schriftsteller macht. Ich kann nicht sagen, dass ich ein Hesse-Kenner bin, ich kenne nicht alle seine Werke. Ich habe auch schon vergessen, wo er geboren und wo er gestorben ist, aber da ist dieser unheimliche Zauber ... Hermann Hesse hat es einmal so ausgedrückt: »Es ist eine alte Erfahrung, daß wir die Probleme, die uns im Innern beschäftigen, immer wie durch einen Zauber auch in der Außenwelt antreffen [...] Ich habe die gleiche Erfahrung auch mit meiner Lektüre gemacht, nämlich, daß mir in Zeiten, in denen irgendein Lebensproblem mich tief in Anspruch nimmt, mir auch von allen Seiten her Bücher ungesucht in die Hände fallen, in denen jenes Problem eine Rolle spielt.« Aus irgendeinem Grund waren es bei mir – nicht immer – aber am häufigsten Bücher von Hermann Hesse, die mir in solchen Momenten in die Hände fielen. Hermann Hesse hat mich aufgewühlt, inspiriert und mir so manche Offenbarungen beschert. Ich fühle mich immer ein wenig weiser nach einer Lesestunde mit Hermann Hesse.

**Maike Maas**

### *Blauer Schmetterling*

Flügelt ein kleiner blauer
Falter vom Wind geweht,
Ein perlmutterner Schauer,
Glitzert, flimmert, vergeht.

So mit Augenblicksblinken,
So im Vorüberwehn
Sah ich das Glück mir winken,
Glitzern, flimmern, vergehn.

### *Kennst du das auch?*

Kennst du das auch, daß manchesmal
Inmitten einer lauten Lust,
Bei einem Fest, in einem frohen Saal,
Du plötzlich schweigen und hinweggehn mußt?

Dann legst du dich aufs Lager ohne Schlaf
Wie Einer, den ein plötzlich Herzweh traf;
Lust und Gelächter ist verstiebt wie Rauch,
Du weinst, weinst ohne Halt – Kennst du das auch?

Ich muss gestehen und irgendwie bekümmert es mich auch, dass ich bisher nicht besonders viel über Hermann Hesse weiß, zu erzählen habe oder viel von ihm gelesen habe, sehr wenig eigentlich. Dennoch, immer wenn ich, manchmal auch nur zufällig, etwas von ihm lese, beflügelt es mich, löst sehr viele Emotionen in mir aus. Ich bin kein Mensch der vielen Worte und auch keiner, der gut ausdrücken kann, was er fühlt, und so ist es auch hier. Ich wage zu behaupten, dass Worte gar nicht beschreiben können, was ein Mensch fühlt, und sie könnten gerade deshalb auch nicht beschreiben, was es in mir bewirkt, Hesses Texte zu lesen.

Seine Bücher begegneten mir zum ersten Mal im Alter von vermutlich zwölf Jahren, als mir meine Brieffreundin ein Gedicht von ihm schickte, *Blauer Schmetterling*, das heute mein Lieblingsgedicht ist, das ich unzählige Male in der Hand hatte und gelesen habe und über das ich viel nachgedacht habe. Um ehrlich zu sein, mir sagte der Name Hermann Hesse damals rein gar nichts. Und ich erinnerte mich auch erst wieder an ihn, als ich mir in einem Antiquitätenladen seine *Lektüre für Minuten*, nach dem Lesen von nur wenigen Seiten, kaufte. Beim Lesen des Buches musste ich oft lächeln und viel grübeln über die ehrlichen und weisen Worte.

»Kunst ist Vereinigung von väterlicher und mütterlicher Welt, von Geist und Blut; sie kann im Sinnlichen beginnen und ins Abstrakte führen oder kann in einer reinen Ideenwelt ihren Anfang nehmen und in blutigsten Fleische enden. Alle Kunstwerke, die nicht nur gute Gauklerstückchen sind, haben dies gefährlich lächelnde Doppelgesicht, dies Mann-Weibliche, dies Beieinander von Triebhaftem und reiner Geistigkeit.«

Und sie inspirierten mich, eben diese Worte, zu malen

und zu schreiben, zu fotografieren und zu wandern durch die Welt mit offenem Blick für alles Schöne. Und, auch wenn das aus dem Mund eines vierzehnjährigen Mädchens merkwürdig klingen muss, auch zu leben und zu lieben. Die Liebe manchmal auch von Personen und Dingen loszulösen und die Liebe selbst zu lieben.

**Ivana Biscan**

Meine ersten, wahrhaften Begegnungen mit Hesses Worten sind die ausgewählten Stücke Udo Lindenbergs in dem von ihm zusammengestellten Band *Mein Hermann Hesse*. Es waren vorerst einzelne Sätze, die mich angesprochen haben. Später entstanden für mich ganze Wortgemälde durch seine Bücher, denen ich mich nicht mehr entziehen konnte. Auch heute bin ich immer noch bereit für seine Worte und finde dadurch auch wieder zu einer eigenen Sprache. Seine Worte lassen mir das Bild von mir klarer hervortreten, und ich erkenne, dass ich nicht das Leben anderer leben kann, weder das Hermann Hesses noch das Udo Lindenbergs. Und ich möchte das auch nicht. Diese Erkenntnis war eine wirkliche Befreiung, mehr als jeder krampfhafte Gang in irgendein Mysterium verschollen geglaubten Glücks, das angeblich außerhalb meiner selbst bestehen soll. Das Leben gegen alle Widerstände in einem kränkenden Umfeld in die eigene Hand zu nehmen, ihm eine Richtung zu geben, hat bei mir erst einmal Anspannung, zunehmend aber auch eine tiefe innere Befriedigung ausgelöst, die in immer längere Phasen der inneren Ruhe übergegangen ist. [...] Meist ist es nur noch der Blick zurück, der Schmerzen bereitet. Ich bin neugierig, wer ich bin, bin offener eingenommen für meine Zukunft als je zuvor. [...] Hesse fungiert dabei als

Mentor, den ich kritisch betrachte, wie er selbst ein Kritiker, ein Zweifler war.

**Torsten Gränzer**

Hermann Hesse und seine Werke begegneten mir erstmals im Jahre 2003. Ich musste von der Realschule auf die Hauptschule wechseln. Nur schwer konnte ich diese neue Situation akzeptieren und es dauerte lange, ehe ich mich heimisch fühlte. Eines Tages kam unser Deutschlehrer in den Klassenraum und legte uns ein Gedicht auf den Tisch. Es war *Stufen* von Hermann Hesse. Für mich war es die erste Begegnung mit diesem außergewöhnlichen Schriftsteller! Wir behandelten das Gedicht und auch die Person Hermann Hesses intensiv. Schnell merkte ich, dass Hesse sich mit seinen Zeilen einen Platz in meinem Herzen eroberte und ich von diesem Zeitpunkt an wie gefesselt von seinen Werken war. Zehn Jahre sind nun vergangen, seitdem Hermann Hesse in meine Welt trat und alles, was ich sagen kann, ist, dass er sie verändert hat. Viele Bücher von Hesse haben in den letzten Jahren den Weg in mein Bücherregal gefunden, viele Zeilen haben mich berührt, doch nichts ist so in meinem Herzen wie das Gedicht *Stufen*. Hermann Hesse hat die Literaturwelt und mein Leben wie kein anderer beeinflusst. Ich danke ihm dafür.

**Sandra Korn**

## *Stufen*

Wie jede Blüte welkt und jede Jugend
Dem Alter weicht, blüht jede Lebensstufe,
Blüht jede Weisheit auch und jede Tugend
Zu ihrer Zeit und darf nicht ewig dauern.
Es muß das Herz bei jedem Lebensrufe
Bereit zum Abschied sein und Neubeginne,
Um sich in Tapferkeit und ohne Trauern
In andre, neue Bindungen zu geben.
Und jedem Anfang wohnt ein Zauber inne,
Der uns beschützt und der uns hilft, zu leben.

Wir sollen heiter Raum um Raum durchschreiten,
An keinem wie an einer Heimat hängen,
Der Weltgeist will nicht fesseln uns und engen,
Er will uns Stuf um Stufe heben, weiten.
Kaum sind wir heimisch einem Lebenskreise
Und traulich eingewohnt, so droht Erschlaffen,
Nur wer bereit zu Aufbruch ist und Reise,
Mag lähmender Gewöhnung sich entraffen.

Es wird vielleicht auch noch die Todesstunde
Uns neuen Räumen jung entgegen senden,
Des Lebens Ruf an uns wird niemals enden …
Wohlan denn, Herz, nimm Abschied und gesunde!

Hermann Hesse hatten wir als Pflichtlektüre in der Schule (*Unterm Rad*), aber damals hat er bei mir kaum Eindruck hinterlassen. Es war wohl noch zu früh und vielleicht auch nicht ganz das Richtige. Echter Hermann-Hesse-Fan bin ich geworden durch meine Großmutter. Sie hat mich in ihren letzten Lebensjahren (und ich glaube, kurz nachdem mein Opa gestorben war) in die Küche geführt: dort hing ein Kalender mit lauter Gedichten von Hermann Hesse. Zielsicher hat sie das Gedicht *Stufen* aufgeschlagen und mir vorgelesen. Noch heute bin ich stark gerührt, wenn ich daran denke. Mein persönliches Lieblingsgedicht von Hermann Hesse ist *In Sand geschrieben*.

**Gabi Koopmann**

In dem hintersten Teil der Scheune, die meine Familie zusammen mit einem Bauernhaus und dazugehörigem Gelände erstanden hatte, zwischen Blechspielzeug, das unter einer dicken Staubdecke zu verschwinden begann, und einem vom Rost zermarterten Pflug, dort fand ich zu Hesse; er hatte auf mich gewartet in Kartons, die von Stroh fast vollständig verschluckt waren. Aus Langeweile, der ich in den Sommerferien im Dorf oft zu entfliehen versuchte, und aus Neugierde, unseren recht weitläufigen Familienbesitz einmal zu erforschen, wühlte ich die verlorene Ecke auf und entdeckte die mit dem Namen meines Vaters beschrifteten Pappkisten, die, so vermute ich, beim Einzug dort abgestellt und vergessen worden waren. Sie waren schon bedrängt von einer Fäulnis, die über die Jahre hinweg die papiernen Wände aufgeweicht hatte. Ich riss eine Kiste auf und auf einem Schutzumschlag glänzten golden die Worte *Narziß und Goldmund*, darüber ein lächelnder Hesse, dessen Augen durch die Nässe aber schon längst verwelkt zu sein schienen. Was er dann jedoch sprach, das glühte vor Leben, Goldmunds Sätze rührten mein Tiefstes; mochte die Schrift schon von den Jahren verblasst sein: in mir wurde sie wieder klar und lebendig. Ich las und las, in der Kiste lagen außer *Narziß und Goldmund* noch *Der Steppenwolf*, *Siddhartha*, *Unterm Rad* und einige weitere, eine ganze Sammlung. Ich gehe davon aus, dass mein Vater sie von seinen Eltern geerbt hatte, denn er selbst bevorzugte zumeist Sachbücher. Scheinbar hat die Liebe zu dieser Art von Literatur einen Jahrgang übersprungen, denn ich verlor mich sofort in ihr oder, besser ausgedrückt, fand mich wieder; und dafür liebte ich Hesse. Einen Mann, den ich nie getroffen hatte, der wusste von meinen Geheimnissen, die mir selbst verborgen waren, der wies mir die Richtung, wenn ich nicht wusste wohin, stellte mir die Fragen, die ich alleine nicht zu Tage bringen konnte. Damals hatte ich ein paar Bücher vor dem Verfall gerettet, und es scheint, als dankten sie es mir tausendfach mit ihren wunderbaren Geschichten.

**Janosch P.**

Irgendwann legte ich meinen Karl May beiseite, dankbar, aber ohne Wehmut und ging zu meiner Mutter. »Mutter, genug der Abenteuer da draußen, ich will eins lesen, dass sich drinnen abspielt.« Da gab sie mir Hesse. *Unterm Rad*. Heute halte ich sein für mich kostbarstes Buch in der Hand. Eine Widmung steht im Einband. Die Widmung einer frühen Liebe. »Du bist der einzige, dem ich dieses Buch schenken kann und will.« *Narziß und Goldmund*.

**Johannes Krätschell**

Meine erste Begegnung mit Hermann Hesse war in der 9. Jahrgangsstufe. Unsere Schullektüre war *Unterm Rad*, welches ich zu diesem Zeitpunkt nicht liebgewann. Ein Jahr später sollten wir ein Buch präsentieren, welches wir noch nicht gelesen haben. Meine Schwester hat mir nahegelegt, dass ich doch den *Steppenwolf* vortragen soll. So würde ich auch meine Meinung über Hermann Hesse ändern, die durch *Unterm Rad* nicht unbedingt die beste war, versicherte sie mir. Gott sei Dank gab ich nach und habe den *Steppenwolf* gelesen, vorgetragen und Hermann Hesse lieben gelernt! Diese Wendung macht Hermann Hesse für mich heute umso wertvoller. Auch die meisten seiner anderen Werke habe ich inzwischen gelesen, und es ist immer wieder ein Erlebnis, zu fühlen, wie sehr Hermann Hesse einem aus der Seele schreibt. So viel Identifikationspotenzial hat kein anderer Autor für mich! Hätte ich Einfluss auf die Schulämter der Länder, wäre *Der Steppenwolf* oder *Narziß und Goldmund* ein *Muss* während des Abiturs, aber nicht *Unterm Rad* in der Mittelstufe!

**Emin Bilici**

Ich habe mit zwölf Jahren das *Glasperlenspiel* aus dem Regal meines Bruders stibitzt. Nicht ahnend, wie sehr mich das Buch in diesem Alter geistig überfordern sollte, griff ich beherzt zu; es war der Titel, der in mir eine Art Sehnsucht hervorrief, es lag und liegt etwas Magisches im *Glasperlenspiel*. Die Einleitung des Romans war derart kompliziert, dass ich sie rasch übersprang (was ich auch heute noch ab und an mache). Dann tauchte ich in das Leben des jungen Magisters bis zu seinem Tod ein und hatte wie der Protagonist selbst in einigen Szenen rote Bäckchen beim Lesen.

Auch wenn ich die Zusammenhänge des Spiel damals natürlich noch nicht begreifen konnte, fesselte mich das *Glasperlenspiel* derart, dass es, man könnte sagen, zu meiner persönlichen Bibel wurde. Keine Reise, kein Ausflug, kein Jahr ohne dieses Meisterwerk. Es ist für mich Ratgeber, Lebensentwurf, Familie, Liebe, Trost, Glück, Halt, Vertrauen, Sehnsucht und noch vieles mehr in einem. *Das Glasperlenspiel* wie viele andere Werke von Hesse beeinflussen mich seither in meiner Art des Redens, Schreibens und Handelns. Ich konnte vor Jahren in einem sehr guten Antiquariat ein Exemplar mit Hesses Unterschrift »Gruß H. H.« ergattern, das würde ich auch für einen Sack voll Gold nicht wieder hergeben.

**Daniel Setzler**

**»Es gilt, sich für die Ideale und Träume der eigenen Seele gegen die Welt so viel zu wehren, daß sie nicht verdorren.«**

*Brief an Marie-Louise Dumont*

Ich habe nie viel von Büchern gehalten. Vielmehr war ich pöbelnd, dumm und naiv. Die Glotze war meine Bibel, und irgendwann geriet ich in eine tiefe Selbstkrise, gefangen in Wut und Hass mir selbst gegenüber.

Auf der Suche nach mir selbst fand ich Hermann Hesse.

Durch seine Bücher habe ich es verstanden, dass ich

durch Ängste, Schmerz und Verzweiflung so nah an mir dran bin wie nie zuvor.

Mittlerweile genieße ich jede einzelne dieser Sekunden. Schließlich ist es die Zeit, in der ich am meisten »Ich« bin. Die Zeit, in der ich am meisten aus mir herauskomme und mir die genialsten Dinge einfallen.

Hesses Worte führten mich über die Grenzen des Denkens hinaus in eine neue, phantasievolle Welt aus allem Erdenklichen und Nicht-Erdenklichen, und dafür danke ich ihm.

Heute sehe ich das Leben nicht mehr so negativ. Ich halte mir vor Augen, was mich glücklich macht, und nehme vieles mit Humor. Auch das habe ich den vielen Worten Hermann Hesses zu verdanken.

**Kerschi**

Meine Mutter erzählte mir einmal, dass mein Vater, zu welchem sie den Kontakt abbrach, das Buch *Der Steppenwolf* gelesen habe, sie dieses langweilig fände, weil es »Depressionen« hervorrufe. Doch gerade ihr schlechtes Urteil hat mich dazu animiert, dieses zu lesen, und ich kann sagen, dass ich bisher keine bessere Entscheidung getroffen habe als diese! Für mich hat es die Bedeutung eines »Lebensführers«, und nach dem Lesen weiß ich, warum es mir, jedoch nicht meiner Mutter gefiel: »Zugang nur für Verrückte, Eintritt kostet den Verstand! Zutritt nicht für jedermann!« … Denn ich war bereit, den Verstand aufzugeben, um einzutreten …

**Ducki**

## *In Sand geschrieben*

Daß das Schöne und Berückende
Nur ein Hauch und Schauer sei,
Daß das Köstliche, Entzückende,
Holde ohne Dauer sei:
Wolke, Blume, Seifenblase,
Feuerwerk und Kinderlachen,
Frauenblick im Spiegelglase
Und viel andre wunderbare Sachen,
Daß sie, kaum entdeckt, vergehen,
Nur von Augenblickes Dauer,
Nur ein Duft und Windeswehen,
Ach, wir wissen es mit Trauer.
Und das Dauerhafte, Starre
Ist uns nicht so innig teuer:
Edelstein mit kühlem Feuer,
Glänzendschwere Goldesbarre;
Selbst die Sterne, nicht zu zählen,
Bleiben fern und fremd, sie gleichen
Uns Vergänglichen nicht, erreichen
Nicht das Innerste der Seelen.
Nein, es scheint das innigst Schöne,
Liebenswerte dem Verderben
Zugeneigt, stets nah am Sterben,
Und das Köstlichste: die Töne
Der Musik, die im Entstehen
Schon enteilen, schon vergehen,

Sind nur Wehen, Strömen, Jagen
Und umweht von leiser Trauer,

Denn auch nicht auf Herzschlags Dauer
Lassen sie sich halten, bannen;
Ton um Ton, kaum angeschlagen,
Schwindet schon und rinnt von dannen.

So ist unser Herz dem Flüchtigen,
Ist dem Fließenden, dem Leben
Treu und brüderlich ergeben,
Nicht dem Festen, Dauertüchtigen.
Bald ermüdet uns das Bleibende,
Fels und Sternwelt und Juwelen,
Uns in ewigem Wandel treibende
Wind- und Seifenblasenseelen,
Zeitvermählte, Dauerlose,
Denen Tau am Blatt der Rose,
Denen eines Vogels Werben,
Eines Wolkenspieles Sterben,
Schneegeflimmer, Regenbogen,
Falter, schon hinweggeflogen,
Denen eines Lachens Läuten,
Das uns im Vorübergehen
Kaum gestreift, ein Fest bedeuten
Oder wehtun kann. Wir lieben,
Was uns gleich ist, und verstehen,
Was der Wind in Sand geschrieben.

Oktober 1976 erzählte mir ein Mitstudent in Erfurt an der Ingenieurschule für Bauwesen von einem Hermann Hesse. Er hatte ein Buch von ihm gelesen und war fasziniert. Ich kannte weder das Buch *Narziß und Goldmund* noch Hermann Hesse. »Kannst du mir das Buch leihen?« »Na ja, ich weiß nicht ... Ist ja Schund- und Schmutzliteratur ... Du weißt schon, ist aus dem Westen und bei uns verboten.« »Ach Mensch, mir kannst du es doch leihen!«, bettelte ich. »Ich lass es nicht rumliegen, es kommt unter mein Kopfkissen und in den Koffer! Versprochen!« So landete Hermann Hesse erst unter meinem Kopfkissen und dann in meinem Herzen. Ich wurde nicht erwischt.

Heute gehört er zu meinen Freunden, in meinem Bücherregal. Freunde, die man öfter liest, in Buchform in die Hand nimmt, mit ihnen Zeit verbringt, diese Zeit und die Worte genießt. Auch den Reifeprozess erlebt man mit ihnen gemeinsam, der gedankliche Austausch mit ihm und seinen Werken findet immer wieder aufs Neue statt.

**Angela Wittkowski**

Ich habe in der Schule eigentlich nie Bücher gelesen! Zu faul oder zu langweilig fand ich das. Ich bin lieber mit meinen Freunden draußen gewesen, und abends habe ich meistens Fernsehen geschaut.

Als ich mich dann mit 22 nach einer Lehre zur Automobilkauffrau entschloss, mich auf der Schauspielschule zu bewerben, fing alles an! Ein Teil der Aufnahmeprüfung bestand darin, ein auswendig gelerntes Gedicht aufzusagen. Mir fiel nichts Besseres ein, als mein altes Deutschbuch herauszusuchen und darin nach einem Gedicht zu suchen, welches mir gefallen könnte. Als ich das Gedicht »Stufen«

fand, wusste ich: das ist es, auch wenn ich da noch nicht wusste, warum. Ich lernte es auswendig und dachte, das würde schon irgendwie klappen. Kurz vor der Aufnahmeprüfung besuchte ich einen Freund, der Schauspieler in Berlin ist und schon einiges an Erfahrung hat. Ich erzählte ihm von dem Gedicht. Er wollte es natürlich hören und so legte ich los. Als ich fertig war, sah er mich ziemlich komisch an und meinte »Ich glaube, so wirst Du nicht genommen. Du musst das Gedicht leben, nicht einfach runtersagen.« An diesem Abend sind bei mir einige Groschen gefallen, es war das schönste Erlebnis, das ich mit einem Buch in der Hand je hatte. Nach diesem Abend habe ich mir ein Hesse-Buch nach dem anderen gekauft und alle ziemlich schnell gelesen, ich fing sogar selbst zu schreiben an. Tagebücher und alltägliche Geschichten aus meinem Leben. Natürlich habe ich dann auch mit anderen Autoren Freundschaft geschlossen. An der Schauspielschule wurde ich genommen, und es konnte losgehen. Hesse ist bis heute mein Begleiter in allen Lebenslagen!

**Flyhigh**

Mit 13 las ich das erste Mal den *Steppenwolf*. Meine Eltern hatten sich damals gerade ein Jahr getrennt, und beide hatten neue Partner. *Der Steppenwolf* hat genau die Paradoxie von gleichzeitiger Lebensnähe und Lebensferne in sich, die ich damals zum Ausdruck bringen musste. Ich lese das Buch alle zwei Jahre und bin jedesmal aufs Neue davon gefesselt, wie tiefsinnig dieses Buch doch ist – und immer wieder anders und neu.

**SarahMP**

Mein Leben ist geprägt von Büchern. Von anspruchsvolleren Büchern bis hin zu Donald Duck. Als ich 14 Jahre alt war, fand ich *Die Morgenlandfahrt* im Bücherregal meines Vaters. Es war abgegriffen, hatte einen zerfledderten Pappeinband und war etwas vergilbt. Beim ersten Mal beachtete ich es nicht genau. Meine Augen waren nur kurz auf das Buch gerichtet. Beim zweiten Mal wurde es interessanter. Ich nahm es in die Hand und blätterte darin. Dann kam die große Langeweile im Herbst. Der Lesestoff war ausgegangen. Frustriert wanderte ich vor dem Bücherregal auf und ab. Mit einem »na ja« nahm ich das Buch, ging in mein Zimmer und begann zu lesen. Ich las es durch, war entbrannt, im »Hesse-Fieber«. Im Laufe der Zeit kamen immer mehr Bücher des Autors hinzu. *Die Morgenlandfahrt* wird immer mein Favorit bleiben. Ich habe das Buch schon unzählige Male gelesen, und jedesmal finde ich ein neues Detail, über das es sich nachzudenken lohnt. Hermann Hesse hat eine Tür bei mir geöffnet, die ich nie wieder schließen werde. Er bringt einen zum Nachdenken, mit viel Liebe zur Harmonie oder gewollten »Disharmonie«. Er spielt mit Worten und mit ihrem Klang. Man wird nie alles verstehen oder begreifen können. Aber mit Hesse ist man auf einem guten Weg dahin.

**Sonja Lewin**

Als ich 15 war, las ich *Siddhartha*. Dieses Buch hatte mich tief berührt, der suchende Siddhartha – das war ich … das bin ich heute noch mit über dreißig Jahren. Es ist erstaunlich, immer wieder lese ich Hesses Bücher, und mit jeder »Lebensstufe« verstehe ich mehr, vielleicht auch nur anders.

**Viviane Hermoso Martinez**

Ein Inselbändchen mit Gedichten Hermann Hesses klemmt ganz unauffällig zwischen *Narziß und Goldmund* und *Klingsors letzter Sommer*. Ich habe es mir mit 15 geschnappt, und es ist schon viermal mit mir umgezogen. Diese Gedichte begleiten mich seit mehr als fünfundzwanzig Jahren. Und immer mal wieder wird ein anderes wichtig und deutlich.

**Steffanie Müller**

Zu meinem 19. Geburtstag habe ich den Gedichtband *Lied des Lebens* geschenkt bekommen. Erst konnte ich damit gar nicht so viel anfangen, und es landete im Bücherregal – heute aber ist es eines der schönsten Geschenke, die mir je gemacht wurden. Eine Kommilitonin in meinem Studium hat mir Hesse dann nähergebracht. Sie war ein richtiger Fan. Als ich dann mein Studium wegen einer psychischen Krankheit unterbrechen musste, nahm ich den geschenkten Gedichtband das erste Mal wieder zur Hand. In meinen Depressionen und dem ständigen Auf und Ab zwischen Leben-Wollen und dem Wunsch, sofort sterben zu wollen, war es ein wundervoller Begleiter. Ich hatte das Gefühl, für jedes Gefühl in mir in jenem Band ein passendes Gedicht zu finden; als würde Hermann Hesse allein mich verstehen! Einmal wusste ich nicht, was ich dem Chefarzt zur Visite sagen und wie ich meine Gefühle ausdrücken solle. Da las ich ihm das Gedicht »Bruder Tod« vor. Doch vor allem fand ich mich oft in dem Gedicht »Kennst du das auch« wieder. Ich hatte zu jenem Zeitpunkt keine Kenntnisse über die Biografie von Hermann Hesse, aber ich hatte immer das Gefühl, dass er diese Gefühle kannte und durchlebt hat. Er war zu jener Zeit der Einzige, von dem ich mich verstanden fühlte. Später begann ich dann, auch die anderen Werke zu lesen. Die ich bis heute wegen ihrer wunderschönen Sprache und Tiefe liebe. Sie werden immer einen besonderen Platz in meinem Herzen haben.

**Charlotte Hempel**

Hermann Hesse begegnete mir auf einer Bank im Wald. Nach einem Spaziergang über Wiesen und Felder durch das Albetal ging es bergauf in den Wald, über schmale Wege, die eher Wildwechsel waren als Spazierwege. An einer Lichtung unter einem Kreuz stand eine alte Bank, daneben einige Blumen in einem Tonkrug. Noch jemand, der diesen Ort liebte, hatte den Strauß wohl hergebracht. Aus meinem Rucksack nahm ich meine Kaffeekanne und den Becher, goss mir ein, sah ins Tal hinab und war zufrieden. Dann nahm ich eines von Hesses Büchern in die Hand, die mir noch unbekannt waren: *Narziß und Goldmund*. Der Autor war mit oft begegnet, im *Steppenwolf* in dunklen Gassen und einsam, in der *Morgenlandfahrt* kam er mir verwirrend entgegen, *Demian* machte Mut, und *Klingsor* stirbt nie. Hier aber, in dieser Harmonie der Natur, an diesem schönen Ort, weit weg von Menschen und Lärm, konnte ich Narziß und Goldmund am besten beobachten, die Wege durch ihre Jugend, das Ankommen und Aufbrechen. Freunde von Beginn an und bis zum Ende. Wie unterschiedlich ihre beiden Lebenswege auch waren, so gehörten sie doch zusammen, waren wie die beiden Seiten einer Medaille. Es war egal, welches Buch ich gelesen hatte, jedes hatte seinen Ort und seine Wirkung auf mich, und kein Dichter erreichte mich jemals so direkt wie Hermann Hesse. [...] Allein, aber nicht einsam sitze ich hier auf meiner Bank und bin dankbar für Hermanns Gesellschaft.

**ralph kaufmann**

Nach einer psychischen Krankheit habe ich Hermann Hesse entdeckt. Er bedeutet mir heute noch sehr viel.

**retep**

Wenn ich darüber nachdenke, wann mir Hermann Hesse erstmals begegnete, kann ich nur antworten, dass ich mit ihm aufgewachsen bin. Meine Eltern sind beide sehr begeistert von ihm und ich erinnere mich an einen Familienausflug nach Calw und ins Kloster Maulbronn. Hesse-Gedichte zierten eingerahmt unsere Wände und wundervolle antiquarische Bücher unser Regal.

**Lovis**

Ich war noch sehr jung, 15 vielleicht, als ich das erste Mal *Siddhartha* von Hesse gelesen habe. Von Anfang an war ich tief bewegt von der Klarheit und Einfachheit seiner Worte. 1922 ein Buch über Buddha zu schreiben hat mich fasziniert, er war seiner Zeit voraus.

*Narziß und Goldmund* ist mein Lieblingbuch von ihm. Diese tiefe Freundschaft zweier so unterschiedlicher Menschen, einfach zeitlos. Klare Worte, die in die Tiefe gehen, Weisheit, ohne zu belehren, wunderbar leicht und köstlich. Ein Meister in dem, was er tat. Ein großer Autor und toller Mensch, ich wünschte, ich wäre ihm einmal wirklich begegnet.

**Bianca Bepunkt**

## *Gute Stunde*

Erdbeeren glühn im Garten,
Ihr Duft ist süß und voll,
Mir ist, ich müsse warten,
Daß durch den grünen Garten
Bald meine Mutter kommen soll.
Mir ist, ich bin ein Knabe
Und alles war geträumt,
Was ich vertan, versäumt,
Verspielt, verloren habe.
Noch liegt im Gartenfrieden
Die reiche Welt vor mir,
Ist alles mir beschieden,
Gehöret alles mir.
Benommen bleib ich stehen
Und wage keinen Schritt,
Daß nicht die Düfte verwehen
Und meine gute Stunde mit.

Ich bekam von meinem Mann das Buch *Mit der Reife wird man immer jünger*, und die Art und der unglaubliche Humor, mit dem er dort mit dem Altern umgeht, hat mich neugierig auf mehr gemacht. Ich finde mich in seinem Altern mehr wieder als in der Art, wie die Gesellschaft heute das Altern verteufelt und auszulöschen sucht. Und so wuchs mit der Zeit meine Sammlung an Bücher und Hörbüchern (teilweise mit von Hesse selbst gesprochenen Teilen). Mein treuester Begleiter aber ist seit vielen Jahren die Gesamtausgabe seiner Gedichte. Ich schlage oft einfach eine Seite auf und finde Trost oder einen Gedankenanstoß, oder ich suche gezielt ein Gedicht heraus, das zu der momentanen Situation passt.

**Daniela Endlich**

Hermann Hesse trat in mein Leben in Form des Buches *Unterm Rad* und das wie bei den meisten Menschen wohl auch – über die Schule. Hesse ist die Form von Autor, die man am Anfang des Buches verflucht und mit der letzten Seite liebt. Seine Themen sind so zeitlos gewählt, dass sich der moderne Mensch zu jeder Zeit damit identifizieren kann. Hesse bedeutet Erkenntnis.

**Florian Uschner**

Hesse schreibt wie ein Heiliger. Es wirbelt mich durch die Luft und rüttelt und schüttelt mich, aber in gleichem Maße gibt er mir den Mut, mich selbst wieder zu fangen, aufzustehen, mit neuer Kraft mich, mein Eigenstes, zu begreifen versuchen und zu akzeptieren. Ich verneige mich tief vor ihm!

**Lotta**

**»Damit das Mögliche entstehe, muß immer wieder das Unmögliche versucht werden.«**

*Aus einem Brief an Wilhelm Gundert*

Von Hermann Hesse habe ich zum ersten Mal in meiner Jugend mit 18 Jahren gehört. Eine Tante von mir hatte ein ganzes Bücherregal voll mit seinen Werken und hat mir einiges geliehen. Als ich das *Glasperlenspiel* ausleihen wollte, sagte sie mir, dass ich dafür noch zu jung sei und ich den Sinn hinter dem Geschriebenen nicht verstehen würde. Was sie sagte, verstand ich erst Jahre später. Hesses Romane sind für mich so faszinierend, da er über das Seelenleben und die tiefsten Empfindung geschrieben hat, die ich bei mir selber spüren konnte. In seinen Erzählungen und Romanen entdeckte ich mich zum Teil selber wieder. Er gab mir das Selbstbewusstsein, zu mir zu stehen, wie ich war und bin.

**Ursula Scholl**

Meinen ersten Hesse habe ich im Bücherregal meiner Großmutter entdeckt. Damals war ich wohl etwa 14 Jahre alt. *Rosshalde* war das. Danach habe ich angefangen, mir meine eigenen Hesse-Bücher zu kaufen. Erst die *Morgenlandfahrt*, das ich wieder und wieder gelesen habe, dann den *Steppenwolf*, *Siddhartha*, *Unterm Rad*. Als Heranwachsender, der auf der Suche nach sich selbst und seinem Weg war, fühlte ich mich in Hesses Büchern stets verstanden. Hesse gab mir Antworten auf Fragen, die ich noch gar nicht gestellt hatte, die mich aber unbewusst beschäftigten. Als dann Hesse Thema im Gymnasium wurde, verging mir fast die Lust an seinen Büchern. Hier wurde von einem Lehrer, dem ich jedes Verständnis absprach, meine ganz individuelle Sicht auf Hesses Bücher benotet. Das Tolle jedoch an Hesse war immer, dass er mit mir »mitwuchs«. Meine Fragen änderten sich und auch die Antworten, die ich in seinen Büchern fand, waren andere. Seit fast zwanzig Jahren ist mir Hesse ein Begleiter.

**Sandro**

**»Man muß seinen Traum finden, dann wird der Weg leicht.«** *Demian*

Hermann Hesse habe ich indirekt durch den 70er-Jahre-Band »Steppenwolf« kennengelernt. Und zwar fragte ich meinen Freund, warum sich eine US-Band einen deutschen Namen gibt, da diese doch, was Fremdsprachen angeht, eher weniger flexibel sind. Er erzählte daraufhin, dass sich die Musiker auf das Buch *Steppenwolf* beziehen, was wohl bei den Hippies in den USA als eine Art Befreiungsbibel galt. Der Gedanke faszinierte mich, dass ein deutscher Roman aus den 20er Jahren zu amerikanischen Freigeistern gelangen konnte, und ich begann, das Buch zu lesen. [...] Mir persönlich hat das Buch voll und ganz entsprochen, dass ich mich als Person über mehr als nur durch gesellschaftlich diktierte Aspekte definiere. [...] Man ist doch so viel mehr als das, was man sieht oder ist. Das ganze »Meta-Sein« fehlt in dieser Welt, ich hoffe, mich genauso befreien zu können wie Harry Haller in dem Buch.

**Katrin W.**

Sommer 2011, Calw: Eine unvergessliche Nacht mit Hermann Hesse – er war ein Gentleman und schweigt bis heute.

**Lena Wolf**

Späte Wiederentdeckung. Es war eine Reise zum Kailash und der Tipp einer Freundin. So macht ich eine tiefe Bekanntschaft mit einem jungen Brahmanen namens Siddhartha.

**Heiko Stallbaum**

Hesse ist nicht nur ein genialer Schriftsteller, sondern zugleich auch ein Philosoph. Was er mit seinen Charakteren auszudrücken vermag, schafften nur die wenigsten. Hesse hilft einem, sich selbst zu verstehen.

**Lexa Drenner**

Ich habe mit 16 angefangen, Hesse zu lesen. Erst *Siddhartha*, dann habe ich den *Steppenwolf* versucht, aber nicht verstanden. Nur einzelne Szenen sind mir im Gedächtnis hängen geblieben. Was mich dennoch faszinierte, war die Sprache. Das *Glasperlenspiel* hatte ich damals nur angefangen, aber nicht zu Ende gelesen. Mittlerweile bin ich fast fünfzig Jahre alt und habe alles nachgeholt. Die Faszination der Sprache ist geblieben und man kommt nicht umhin, sich selbst zu reflektieren, wenn man seine Bücher und Gedichte liest.

**B. Lorenz**

Seit *Demian* hat mich kein Buch, kein Text so fasziniert. Kein Autor hat es je geschafft, mich so zu begeistern. Texte von Hermann Hesse haben mich schon oft getröstet und wieder aufgebaut. Mittlerweile habe ich etliche Bücher und Bände, die immer wieder gelesen werden. So wie *Demian*, den ich auch jetzt noch mehrmals im Jahr lese.

**Anna-Maria**

Hermann Hesse ist mir zum ersten Mal begegnet während meiner Hippie-Tage Ende der 60er Jahre, und zwar in Form des Buches *Siddhartha*. Heute, im Jahre 2012, bin ich mit 61 Jahren so etwas wie ein Alt-Hippie. Jedoch bin ich keinesfalls ein ewiger Nostalgiker, sondern ich lebe ganz und gar im Hier und Jetzt. Und das liegt nicht zuletzt auch an den Büchern von Hermann Hesse, welche mich früh geprägt haben, indem sie mir eine Welt der Schönheit und der Fantasie erschlossen und mir in meinen unsteten Jugendjahren Einsicht in die Dinge verliehen. Dank Hesse musste ich mein

Leben nicht im Dunkel der Unwissenheit und im Korsett der Kleingläubigkeit verbringen. Er machte mir Mut und schickte mich mit seinen Romanen und Gedichten auf eine Wahrnehmungsreise, die meiner Seele Raum gab, sich zu entfalten und zu wachsen.

**Carl Zoller**

Mein jüngerer Bruder machte mich auf Hermann Hesse aufmerksam. *Siddhartha*. Er war damals als Tischlergeselle auf der Walz. Es war nach einer meiner depressiven Episoden, ich hatte gerade wieder Boden unter den Füßen. Schon nach den ersten Sätzen war ich begeistert. Buddhismus, Taoismus, das waren einigermaßen vertraute Dinge für mich. Ich kannte die Kindheits- und Jugendlegenden vom Buddha, seinen Weg zur Erleuchtung. Auch Mönchtum hatte mich immer fasziniert. In der Folge verschlang ich alles, was ich von Hesse in die Hände bekam. Er wurde zu einem meiner Lieblingsautoren. Da sprach ein Seelenverwandter, einer der so denkt wie ich. Hesse bedeutet mir auch heute sehr viel, auch weil er selbst unter Depressionen litt. Ich mache Musik, habe einige seiner Gedichte vertont, und es geschieht immer wieder, dass ich eines seiner Bücher aus dem Regal nehme und ein paar Seiten lese, wenn mich beispielsweise wieder einmal das Steppenwolfgefühl beschleicht. Und bin ich gerade eher der Mystiker, dann nehme ich mir die *Morgenlandfahrt* oder *Demian* zur Hand.

**Markus**

**»Der Mensch ist zu nichts schwerer zu bringen als zu seinem Glück.«** *Der Weltverbesserer*

Hermann Hesse traf ich, wie so viele andere auch, zuerst in der Schule. »Im Nebel«, wir mussten es auswendig lernen, und ich mochte es nicht sonderlich, wie so viele andere Gedichte eben auch, die man in der Schulzeit einfach nur stilistisch auseinandernimmt, ohne sie je mit dem Herzen zu erfassen. Viele Jahre später hat mir eine sehr liebe Freundin einen Gedichtband ausgeliehen. Eine Sammlung Gedichte von Hermann Hesse. Es waren schwierige Zeiten damals, zerrissen, schwankend zwischen Selbstmitleid und Trotz. Und damals las ich, was bis heute mein Lieblingsgedicht ist: »Gestutzte Eiche«. Es endet auf: »Und allem Weh zu Trotze bleib ich verliebt in die verrückte Welt.« Das hatte gesessen. Das Gedicht schien mir, als fände im ersten Teil jemand die Worte für das, was ich nicht auszudrücken vermochte ..., und es endete mit einer Sichtweise, die mir damals noch nicht offenstand. Ich bin zufrieden, bin versöhnt. Immer und immer wieder dachte ich an einzelne Textstellen, und sie begleiteten mich lange auf dem Weg zum Versöhntsein, auf dem Weg, das Leben trotz all seiner Widrigkeiten und Ungerechtigkeiten zu lieben. [...] Der Gedichtband, den mir meine Freundin vor nun über zehn Jahren ausgeliehen hat, steht immer noch bei mir im Schrank. Inzwischen hat sie ihn mir geschenkt: Dieses kleine abgegriffene Büchlein ist eines der schönsten Geschenke, die mir jemals gemacht wurden, dieses Büchlein und das Gefühl, dass es noch mehr Menschen gibt, die stetig auf der Reise zu sich sind, die auch immer wieder schwanken und dennoch niemals aufhören, das Wesentliche zu begehren.

**hagazustra**

Angefangen hat alles mit dem *Steppenwolf*, ich war 14 – und hinterher verwirrt. Hesse war irgendwie nicht greifbar, seine innere Person für mich nicht deutbar. Dennoch ruhte sein Blick durch so viele Worte auf mir – und ich wollte mehr. Mehr von ihm, mehr von seinen Gedanken, seiner wortreichen Schwere und wollte seine lichten Höhen auf gedrucktem Papier durchfliegen.

Dann habe ich *Narziß und Goldmund* gelesen – und fühlte mich verstanden, geliebt, ertappt, berührt und an die Hand genommen. Ich empfand, liebte, litt und erlebte mit, konnte mich in beiden Charakteren wiederfinden. Meine alten Brüder ferner Zeiten.

Seit dem sind Hesse & ich dicke Freunde.

Und das Schöne ist, ich schreib ab und an Geschichten und werd manchmal gefragt, ob ich den Hesse verehre. »Ja klar, das tu' ich!«

**naradjana**

Den Namen »Hermann Hesse« habe ich zum ersten Mal in meiner damaligen Schule, einer Hauptschule, gehört, einer unserer Lehrer hatte mir das Buch *Demian* mit den schlichten Worten »vielleicht hilft es dir ja« empfohlen. Ich glaube nicht, dass jener Lehrer zu diesem Zeitpunkt wusste, welches Tor er damit in mir aufstoßen würde, geschweige denn, dass er sich heute noch daran erinnert, mir jemals diese Worte geflüstert zu haben, worüber ich heute natürlich herzhaft schmunzeln kann, jedenfalls bin ich ihm sehr dankbar dafür!

**Markus Gundi**

### *Gestutzte Eiche*

Wie haben sie dich, Baum, verschnitten,
Wie stehst du fremd und sonderbar!
Wie hast du hundertmal gelitten,
Bis nichts in dir als Trotz und Wille war!
Ich bin wie du, mit dem verschnittnen,
Gequälten Leben brach ich nicht
Und tauche täglich aus durchlittnen
Roheiten neu die Stirn ins Licht.
Was in mir weich und zart gewesen,
Hat mir die Welt zu Tod gehöhnt,
Doch unzerstörbar ist mein Wesen,
Ich bin zufrieden, bin versöhnt,
Geduldig neue Blätter treib ich
Aus Ästen hundertmal zerspellt,
Und allem Weh zu Trotze bleib ich
Verliebt in die verrückte Welt.

Hesse. Erst einmal ein Name, mit dem ich mit 15 Jahren wenig anfangen konnte. Als mir dann mit besagten 15 Jahren *Der Steppenwolf* in die Hand fiel, war ich skeptisch. Steppenwolf, ein eher unbekanntes Tier, von menschlichen Abgründen und der menschlichen Psyche ahnte ich zu diesem Zeitpunkt noch nichts. Doch mit jeder Seite, die ich weiter in diesem wundervollen Buch lesen durfte, wuchs meine Persönlichkeit und das Verhältnis zur Welt und dem Menschen um ein kleines Stück. [...] Besonders gefallen hat mir »Eigensinn macht Spaß«, weil ich mich damit zu großen Teilen identifizieren kann/konnte. Abschließend kann ich sagen: Hätte es Hesse und seine bewegenden Werke nicht gegeben und wären sie mir nicht in die Hände gefallen, wäre ich jetzt nicht der Mensch, der ich heute bin. Seine Worte bewegen nicht nur, sie verändern!

**Johnny PremiumCola**

Auf Hesse traf ich während der Studienzeit, da ich in Hesses Gedichten sehr viel Menschlichkeit, Nähe und einfach Wahrheit gefunden habe und sie mich seitdem durch Höhen und Tiefen des Lebens begleitet haben. Ein Zitat von Hesse kann Wunder wirken. Als ich vor zwei Jahren sehr plötzlich meine Mutter verloren habe, habe ich »Stufen« von Hesse gewählt, um es bei der Urnenbeisetzung zu rezitieren. Hesse kann zu Tränen rühren, und doch liegt in seinen Worten ganz einfach ein Wissen, das in jedweder Situation Trost geben kann ... oder einen einfach nur daran erinnern, worin die wahren Werte des Daseins liegen.

**Bjørn Drori Avraham**

Ich war noch ein Teenager, da habe ich im Fernsehen einen Film gesehen, in dem eine Trennungsszene an einem Bahnhof zu sehen war. Auf der Mauer, vor der die Szene spielte, hatte wohl jemand den Satz »Und jedem Anfang wohnt ein Zauber inne« hingekritzelt. Die Szene an sich fand ich ziemlich uninteressant, aber dieser Satz nahm mich gefangen. Damals gabs noch kein Internet, und so begleitete mich dieser Satz zuerst einmal einfach so, ohne dass ich über ihn mehr gewusst hätte. Ein paar Jahre später, ich muss Anfang oder Mitte zwanzig gewesen sein, ging ich in eine Buchhandlung und sah dort einen Gedichtband von Hesse liegen, und ganz oben leuchtete mir genau dieser Satz entgegen, es war ein bisschen, als hätte er mich gerufen. :–) Jedenfalls war der Gedichtband mein, das Gedicht »Stufen« wurde »mein« Gedicht, und ich begann, Hesse zu lesen und zu lieben. Dieser spezielle Satz hat für mich noch immer eine ganz besondere Bedeutung und wird mich wohl nie wieder loslassen.

**Sabine_auf_den_Stufen**

Ich war 16, und *Steppenwolf* war Schullektüre. Ich bekam in der Buchhandlung aber »nur« mehr die Jubiläumsausgabe. Ich las sie in einem durch – von *Demian* war und bin ich fasziniert, es hat mir gezeigt, dass ich nicht verrückt bin. Nur anders. Immer wieder begegneten und begegnen mir Menschen, deren Zeichen auf der Stirn ich sehen kann – so wie sie meines. Soeben bemerke ich, dass genau *Demian* in meinem Bücherregal fehlt. Ich habe es wohl verliehen und nicht zurückbekommen. Dafür habe ich Verständnis.

**SusanneW**

## *Weg nach innen*

Wer den Weg nach innen fand,
Wer in glühndem Sichversenken
Je der Weisheit Kern geahnt,
Daß sein Sinn sich Gott und Welt
Nur als Bild und Gleichnis wähle:
Ihm wird jedes Tun und Denken
Zwiegespräch mit seiner eignen Seele,
Welche Welt und Gott enthält.

Mit 15 hat mich der große Bruder meines damaligen Freundes auf Hesse gebracht. Ich durfte mir dann nach und nach die gesamten Romane ausleihen. Ich habe alle in einem Rutsch gelesen und bin dabei versunken. Hermann Hesse hat mich begleitet in das Erwachsenwerden. Ich habe neu denken gelernt.

**Marie**

Hermann Hesse soll sich gern und oft auf dieser Brücke in Calw, die über das lebendige Schwarzwaldflüsschen Nagold führt, aufgehalten haben, und auch jene leicht seitwärts geneigte Haltung, die der Künstler Kurt Tassotti aus Mühlacker sehr gelungen in seiner Bronzeskulptur verewigte, soll eine für ihn typische gewesen sein. Sie gefiel mir auf den ersten Blick, verleiht sie ihm doch etwas Pfiffiges. So empfinde ich ihn – empfand ich ihn immer. Er ist der Dichter, dem es irgendwie stets gelingt, dass ich auf ihn treffe, wenn ich ihn am nötigsten brauche. Der mich stets aufbaute mit seinen Gedichten. Dem ich mich verwandt fühlte in seiner Verbundenheit zur Natur und Landschaft – zuerst begegnete er mir, wenn ich mich richtig entsinne, in jungen Jahren in einem kleinen, nett gestalteten Buch mit Betrachtungen und Gedichten über Bäume, welches heute noch in meinen Regalen zu finden ist. [...] Und so wird mir der Dichter, dessen Skulptur auf der Calwer Nikolausbrücke zugleich Vertrauter und immer wieder neu zu Entdeckender sein und bleiben.

**Bettina Johl**

Den *Steppenwolf* bestellte ich mir bei Amazon mit, um mir die Versandkosten zu sparen, obwohl ich eigentlich nur eine CD erstehen wollte. Ich hatte von diesem Buch gehört und dachte mir, dass ich es wohl irgendwann mal lesen könnte ... Wenige Tage später kam meine Bestellung an; ich hörte mir die CD an, und das Buch verschwand vorerst ungelesen im Regal. Vorerst.

Als etwa ein halbes Jahr später im Philosophie-Unterricht der Tipp meines Lehrers kam, ich sollte doch einmal etwas von Hesse lesen, da mir dies sehr gefallen könnte, dachte ich an meinen – im Bücherregal vor sich hin vegetierenden – *Steppenwolf* zurück und begann noch am selben Tag mit der Lektüre. Innerhalb kürzester Zeit verschlang ich das Werk regelrecht und hatte seit langem einmal wieder das Verlangen, nicht zu wollen, dass die letzte Seite immer näher kommt. Kurzum: Der *Steppenwolf* wurde zu einem meiner Lieblingsbücher.

Weitere Bücher von Hesse folgten, und in jedem Buch fand ich mich und meine Gedanken ein Stück weit wieder; ich fand auch meine Ängste und Sorgen und war schwer beeindruckt, wie Hermann Hesse mit diesen Themen des Lebens umging.

Ich liebe Hermann Hesses Werk, er schafft es immer wieder, mich mit seiner Literatur tief zu bewegen und mir ein Stück weit die Angst vorm Leben zu nehmen. Schade, dass ich ihm dafür nicht persönlich danken kann, denn wenn ich früher gelebt hätte, wäre ich sicherlich eine von denen gewesen, die ihm einen Brief geschrieben hätten.

**Anne Marü**

Als ich 13 oder 14 war, also im Jahre 1956, las ich Hesse zum ersten Mal. Als Schullektüre. Als Reclamheft. »In der alten Sonne«. Eine Erzählung, die mich nicht vom Hocker riss. – Mein Vater empfahl mir ein, zwei Jahre später *Narziß und Goldmund*. Schon besser! Aber immer noch schlechter als Dostojewskij, dessen Romane mich damals (zuerst *Schuld und Sühne*) intensivst zu packen begannen. Auch Hesses *Das Glasperlenspiel* versuchte ich damals zu lesen. Ich kam über die ersten dreißig Seiten nicht hinaus. Die Zeit dafür war für mich noch nicht da. – Später wurde ich für Hesse zuerst durch das Reclamheft »Eine Bibliothek der Weltliteratur«, dann durch seine Briefe und schließlich durch die beiden Suhrkamp-Hesse-Notatebände *Lektüre für Minuten* bleibend gewonnen. Relativ spät (vor etwa zehn Jahren) las ich Hesses, wie sich alsbald zeigte, ganz wundervoll geschriebenen Roman *Unterm Rad*.

**Günter Landsberger**

mit 16 ging ich auf wanderschaft mit *narziß und goldmund*, mit 20 lehrte mich *siddhartha* einen nicht gekannten weg, mit 25 nahmen mich *freunde* bei der hand und blieben treue wegbegleiter. hesse, mit jedem geschriebenen wort, führt mich zurück zu der, die ich war, zeigt mir, wer ich bin, lehrt mich, wer ich sein möchte, sein kann. ein gefährte, zeitloser geist, der immer zu verstehen scheint, das richtige wort zur rechten zeit zu finden vermag, ohne mühe, manchmal rastlos, manchmal leise lächelnd, manchmal gefangen in melancholie und doch immer frei, inspiriert er, tröstet, fordert, wandelt sich und bleibt doch beständig ein teil meines lebens, treu und unverzichtbar.

**sarah mchardy**

Meine Muttersprache ist Deutsch. Aber nachdem meine Mutter sehr früh starb, musste ich mich früh von dieser Sprache trennen und im Ausland leben. Ich habe meine Sehnsucht nach meiner Muttersprache später dann mit Hesse gestillt, meine Tränen mit seinen Sätzen weggewischt, um wieder aufstehen zu können. Hesse hat mich mit seinen Bücher an die Hand genommen, als ich ihn zum ersten Mal als eine 17-Jährige las. Viele haben meine Hand später losgelassen, auch Deutschland, aber Hesse nie ...

**Belma Sezgin**

> **»Man braucht vor niemand Angst zu haben. Wenn man jemanden fürchtet, dann kommt es daher, daß man diesem Jemand Macht über sich eingeräumt hat.«** *Demian*

Hesse – das war dieser etwas verwegene Autor, dessen Erwähnung auf dem Schulhof immer vom bösen Blick des Lehrers quittiert wurde. Erst nach dem letzten Glockenklang, abends in der stillen Kammer, konnten die Zeilen dieses andersdenkenden Magiers manchen Freigeist formen – und die dröge Schulliteratur vergessen machen.

Da waren *Demian*, der Bruder im Geiste, und *Siddhartha*, Weggefährte auf den tückischen Pfaden des Lebens. Durch diese beiden schien eine hellere, bessere Zukunft möglich. Ohne Mief und Muff, ohne Schmutz und Staub des kleinbürgerlichen Dahinsiechens. Ich danke Dir, Hermann, für die Kraft und den Mut, die Deine Zeilen mir stets geschenkt haben.

**Florian**

Als *Steppenwolf* begegnete mir Hermann Hesse in der Romanfigur Harry Haller zum ersten Mal und ließ mich von da an nie mehr los. Seitdem begleiten mich seine Schriften, Gedichte, Romane, Fragmente und Briefe durchs Leben. Wenn aller Mut mich zu verlassen droht, wenn mich Kummer quält, wenn mein Eigensinn unter der Haut pulsiert und nach einem geeigneten Ausdruck verlangt, wenn die verrückte Welt mich entweder martert oder auch mit Herrlichkeit überwältigt, wenn ich philosophische Poesie und poetische Philosophie ersehne, oder auch völlig grundlos, aus Genuss und heller Freude, lese ich Hermann Hesse. Jedes seiner Worte, und mag es auf den ersten Blick auch nur so nebensächlich erscheinen, gibt mir als Leser das Gefühl, er blicke in die Abgründe meiner Seele – so als hätte er jedes Wort für diesen einen Augenblick – nur für mich geschrieben – denn so wie er, sind wohl auch alle seine Leser die Suchenden, die Getriebenen, die Individualisten. Ein Rudel von Steppenwölfen …

**Christina Mayer**